秒速11.2キロの熱情

Passion of 11.2km/s

直原冬明

Jikihara Fuyuaki

講談社

装丁　　　大岡喜直（next door design）
カバー写真　amanaimages

秒速11・2キロの熱情

プロローグ

九州の南、大隅《おおすみ》海峡を隔てた小さな島の名前が日本史に深く刻まれたのは、一六世紀のことだった。

ヨーロッパからこの種子島《たねがしま》に伝わってきた鉄砲は、日本における戦争の形態に変革をもたらした。

それから五〇〇年近い歳月を経て、今、この島の名前が宇宙開発史に深く刻まれようとしている。

島の南部に位置する長谷《はせ》展望公園は、その瞬間を自らの目で見ようと集まった航空宇宙ファンに埋め尽くされ、九月の下旬だというのに、真夏の屋外音楽フェスティバル会場のような熱気に包まれていた。土曜日ということもあって、親子連れも多く、子供を肩車している父親の姿がそこかしこにある。

彼らは、なだらかに続く丘陵地帯と碧《あお》い海との境界へ視線を注いでいる。その先では、白いロケットが大型ロケット発射場で静かにたたずんでいる。

ＪＡＸＡ《ジャクサ》、宇宙航空研究開発機構により新たに開発されたＪＩＮ《ジン》－１である。

宇宙開発に大きな進歩をもたらすと期待されている新型エンジンがＪＩＮ－１には採用されていて、打ち上げが成功すれば、世界初の快挙となる。

――ロケットＪＩＮ－１、最終カウントダウン進行判断の結果を報告します。

ＪＡＸＡが航空宇宙ファンのために設置しているスピーカーから男性の声のアナウンスが流れる。長谷展望公園にいるだれもが口を閉ざし、耳に意識を向けた。

――現在、各系ともロケット打ち上げ最終作業を実施中です。また、警戒区域の安全が確認されており、気象条件も打ち上げに支障のないことが確認されました。したがいまして、ＪＩＮ－１の打ち上げを本日、日本時間午後二時二〇分に実施します。

拍手と歓声が公園を占拠する。

――エックス・マイナス一〇分。

機械的な女性の声が歓声をさらに大きくした。

ＪＩＮ－１は、一ヵ月前に宇宙に飛び立つ予定だった。しかし、その際は、バルブの取り付けにミスがあることが判明して、打ち上げが延期となった。その後、新たな打ち上げ予定日が設定されたものの、台風の接近に伴う悪天候のため、再度の延期となった。

三度目の正直。

今度こそ、開発者、ＪＡＸＡ関係者、そして、航空宇宙ファンの夢をのせ、ＪＩＮ－１が蒼《あお》い空を駆け上がってくれると、だれもが信じている。

――ＪＩＮ－１の打ち上げ状況をお知らせしています。現在、ターミナル・カウントダウン作業は最終段階にあります。打ち上げ八分前から打ち上げに向けた秒読みが開始されます。

男性のアナウンスに続き、女性の声が「四八〇」と告げた。

女性の声で読みあげられる数字がひとつずつ減っていく。それに反比例して、公園の熱気が上昇し続ける。

――六五、六四、六三、六二、六一。

男性のアナウンスがそこに重なる。

――打ち上げ一分前です。

――六〇、五九、五八。

女性の声のカウントダウンを歓声がかき消す。それに関わりなく、無表情な声はゼロの瞬間へと進行し続ける。

――四一、四〇、三九、三八、三七、三六、三五、三四、三三、三二、三一。

――ウォーター・カーテン散水開始。

――三〇、二九、二八、二七。

公園の人々も、女性の声にあわせて秒読みしていく。

――一八、一七、一六、一五、一四、一三、一二、一一。

――フライト・モード・オン。駆動用電池起動。

――一〇、九、八、七、六。

――全システム準備完了。

――五。

「五」

人々の声が最高潮へと昇っていく。

――四。

「四」

――三。

「三」

――二。

「二」

一部のコアな航空宇宙ファンの声が浮遊した。

本来、あるべき「メイン・エンジン・スタート」というアナウンスが流れてこないことに戸惑《とまど》っているのだ。

――一。

「一」

しかし、ほとんどの人々は一段と声を張った。

――〇。

「〇」

声の塊《かたまり》がうねりとなって青空へと舞い上がる。

しかし、白い煙の航跡を残しつつＪＩＮ－１が天へと駆け上がるという、彼らが求めていた光

プロローグ

景は、そこにはなかった。

彼方《かなた》の大型ロケット発射場は沈黙を守っていた。

――カウントダウンを終了します。逆行手順に入ります。

との アナウンスに続き、一、二、三、四……、と無表情な女性の声が淡々と数字を読み上げていく。

「どうした?」

「なにがあった?」

「失敗したのか?」

公園を埋め尽くす人々の間に困惑とざわめきが感染していった。

第一章

人影がまばらになった長谷展望公園を、海からの風が駆け抜けていく。

天野《あまの》寿三《じゅうぞう》のパーカーのフードがなびいた。

天野は、蝶番《ちょうつがい》をセロハン・テープで補修している眼鏡をかけ直すと、無造作に伸びた髪を掻《か》き上げ、あかね色のうろこ雲に覆われている空を見上げた。意識は雲の群れを突き抜け、さらに上へと向いている。

国際宇宙ステーションや多くの人工衛星が飛び交っているのは、地表からわずか三〇〇から五〇〇キロメートルの高さだ。

空気はなく、そこは明らかに地上とは異なる世界、すでに宇宙なのだ。

地上に暮らす人類にとって宇宙は遠い。それは、ソフトウェア開発会社であるマルイ・ソフトのAI開発部門ディレクターという肩書きを持つ天野にとっても同様であった。

天野の技術が宇宙へ大きく近づいたのは、二年前だった。

母校である関東理科大学から、開発中の人工衛星への技術協力を求められたのだ。

理工学部の宇宙工学科と情報工学科が共同で開発するこの人工衛星は、宇宙からのX線の観測を目的としていた。しかし、三〇センチという小型のため、専門機関の観測衛星に比べて、センサーの能力が大きく劣っている。そこを天野の技術で補いたいと大学側は考えた。人工衛星からのデータをＡＩで解析することで、ノイズの除去、データの補完をして、高性能センサーと同等、あるいは、それ以上の結果を得ようというのだ。

この要望をマルイ・ソフトは受け入れた。そして、宇宙工学科が人工衛星を設計、製作し、ＡＩを開発する情報工学科の学生にマルイ・ソフトが技術指導をするという形式が取られることになった。

しかし、学生を指導するというのは簡単なことではなかった。

宇宙を夢見る学生たちが集う宇宙工学科とは違い、情報工学科の学生たちが見据えている将来は様々だった。当然、スキルもモチベーションも違う。そのなかで業界の最先端のＡＩを構築しようとするのだから、開発が思うように進むはずがなく、スケジュールの遅れが天野を苛立《いらだ》たせた。

そこで、マルイ・ソフトの社長の助言もあり、天野は研究室にひとつの地球儀を贈った。地球儀を通し、実際に人工衛星が地球を周回する様子を想像し、夢への距離を実感するように促したのだ。

目標がしっかりと見えてきたせいか、それ以降、開発は徐々に軌道に乗り始め、宇宙工学科による人工衛星の完成から一ヵ月遅れではあったが、解析用ＡＩも稼働にこぎ着けた。

Ｘ線をＡＩで解析することから、ＸＡＩ《サイ》と名付けられた関東理科大学の人工衛星は、この日、ＪＡＸＡの新型ロケットで宇宙へ旅立つはずだった。

しかし、打ち上げは中止となってしまった。

これで三度目の中止である。

手が届きそうで届かない。

やはり、宇宙は遠いのかもしれない。

天野は天へと手を伸ばした。

「先生、そろそろバスが出るみたいですよ」

大きな声が飛んできた。

振り向くと、チェック柄のシャツの学生が、急いで、と言わんばかりに大きく手招きしながら走り寄ってきていた。

「日向《ひなた》くん、いつも言っているじゃないですか。先生、というのはやめてください」

「先生は先生ですよ。ＡＩの面白さ、可能性を教えてくれたのは先生です」

天野を探して公園内を駆けまわっていたのだろう。日向の息は少しあがっていた。

「ですが、半年後には、きみは正式にうちの社員になります。社内で、先生、なんて呼ばれたら赤面してしまいます」

情報工学科の四年生である日向は、ＡＩの開発で中心的な役割を担ってきた。マルイ・ソフトへの入社が内々定していて、ときどき、ＡＩ開発部門の雑務をアルバイトとして請け負っている。

マルイ・ソフトが関東理科大学への技術指導を受け入れた背景には、有能な学生の獲得という目的もあった。その面では、上々の成果であった。

「会社に入るのは、まだまだ先です。それまでには直します」

「半年なんて、すぐですよ——さて、行きましょうか」

「ちょっとだけ待ってください」

日向が、なだらかに続く丘陵地帯の先へと視線を向けた。大型ロケット発射場にたたずむＪＩＮ－１が小さく見える。

「大丈夫です。次こそは、必ず、ＸＡＩをあのロケットが宇宙へ連れていってくれますよ」

天野は軽く日向の肩を叩いた。その言葉は自分にも向けられていた。

日向が浮かない顔を天野に向けた。

「おれ、貯金が尽きてしまったので、ＸＡＩが宇宙へ旅立つ瞬間をここでこの目で見ることができないんです」

「社長に相談しますか？　そういうことなら、アルバイト代の前借りくらいできると思いますよ」

「ＸＡＩが宇宙へ行くとデータの解析で忙しくなるので、卒論のＡＩ開発の部分は、今のうちに書いておけって、教授からは言われているんです。アルバイトできる時間が減ってしまいそうなんですよ。前借りしても、返せそうにありません。打ち上げは、下級生たちと研究室のテレビで見ます――ああ、運がないよなあ。従来型のＨ－ⅡＡかＨ－ⅡＢだったら、とっくにＸＡＩをあそこに連れていってくれているはずなのに」

日向が嘆《なげ》いて、天を仰いだ。

天野は大型ロケット発射場を指さした。

「あのロケットのエンジンのことは、知っていますよね」

「ハイブリッド・エンジンですよね」

日向の返答に、天野は小さくうなずいた。

宇宙ロケットのエンジンには、大きくわけて、液体燃料式と固体燃料式というふたつの方式がある。

液体燃料を燃焼させる方式では、噴出させる燃料の量をバルブで調整することにより、きめ細かな制御が可能になる。そのため、打ち上げた人工衛星を目的の軌道に正確に放つことができる。しかし、バルブ等の付加物が増えるため、コスト高になってしまう。

その一方、固体燃料を燃焼させる方式では、バルブ等がなく、構造が単純なため、打ち上げコストは抑えられるものの、タンク内の燃料をその場で燃焼させるので、精密な制御が難しい。

このように、液体燃料式と固体燃料式には、それぞれ一長一短がある。

ＪＩＮ－１に採用されているハイブリッド・エンジンでは、液体の酸化剤をバルブで調整して固体燃料が入ったタンクへ供給する。この方式により、精密な制御と低コストを両立させている。

「世界で、だれも実現できなかった技術です。それを完成させたのは、ＪＡＸＡの技術者たちの情熱だと思います。それこそがＪＩＮ－１の推進力だと思います。日向くんたちの情熱が詰まったＸＡＩを打ち上げるのに、もっともふさわしいロケットではないでしょうか」

「おれたちの夢をＪＡＸＡのひとたちの情熱が宇宙へ運んでくれる……」

「その通りです」天野はゆっくりと大きくうなずいた。「ＪＩＮ－１は、これから多くの夢を打ち上げていくことでしょう。ＸＡＩがその第一号になるのです」

長きにわたり日本の主力ロケットの座にあったＨ－ⅡＡ、それに続いたＨ－ⅡＢでは、液体燃料式のエンジンが使われていて、一回の打ち上げに一〇〇億円程度の費用がかかっていた。国際宇宙ステーションが周回している軌道へ運べる重量は、H－ⅡAが約一〇トン、H－ⅡBが約二〇トンであり、一キログラムあたりの打ち上げコストは、それぞれ、一〇〇万円、五〇万円となる。すなわち、国際宇宙ステーションの宇宙飛行士が牛乳をどうしても飲みたくなって個人的に一リットル入りの紙パック牛乳を注文すると、それだけの金額が書き込まれた請求書が届きかねないということである。

ＪＩＮ－１では、打ち上げコストが大きく下がり、数回の打ち上げ成功により開発費の負担が軽減すれば、一キログラムあたり二〇万から三〇万円になると見込まれている。海外からの衛星打ち上げの依頼が増え、生産工程に量産効果が生じれば、さらなるコスト・ダウンも可能となる。

打ち上げコストの低下が進めば、大学や私設の研究機関の人工衛星を打ち上げる機会が大幅に増えることになる。それにより、無重力という特殊な状況でしか生成しえない新素材の研究、開発、さらには本格的な宇宙への観光といった多くの夢をＪＩＮ－１が実現するだろうと言われているのだ。

「それなら、なおのこと、夢が宇宙へ飛び立つところを、直接、見たかったなあ」

「うちの社長がよく言っています。ネガティブな感情に支配されていては、足が縮《ちぢ》こまって前に進めなくなる、と」

「でも……」

「考え方の向きを少し変えるだけです。打ち上げのとき、研究室にいれば、ＸＡＩからの最初のデータを受け取り、解析できます。もしかしたら、世界的な大発見をすることになるかもしれません。打ち上げをここで見ていたら、それは無理ですよ」

小さな笑みを口元で咲かせると、天野は改めて、大型ロケット発射場を見やった。

そして、思考を巡らせた。

度重なる打ち上げの延期も、考え方の向きを少し変えるだけで、なにか自分にとってプラスになっているのかもしれない、と。

★

ＪＡＸＡの調布航空宇宙センターの小さな会議室にはワンセットのパソコンが置かれ、その傍《かたわ》らにはピンポン球ほどの大きさの球形をしたＷｅｂカメラと卓上マイクが設置されていた。そして、壁には大きめの液晶モニタが掛けられている。

天野の指先がパーカーのフードから伸びた紐《ひも》で遊ぶ。

調布航空宇宙センターは、筑波宇宙センターと並び、日本の宇宙開発の中枢である。長年にわたり宇宙を夢みてきた天野にとっては憧《あこが》れの地であった。

天野の夢が宇宙へと飛翔し始めたのは、一九年前だった。

「寿三、好きなのを選んでいいぞ」

「これが見たい」

家族で訪れていたレンタルビデオ店で天野が手に取ったのは、実話に基づく映画、『アポロ13』のパッケージだった。

寿三は、十三とも書くことができる。ただそれだけの理由だった。

地球への帰還が絶望視される事故に見舞われたアポロ13号。死を覚悟する状況のなかでも冷静に事故に対処する宇宙飛行士たちや、彼らを鼓舞し、的確な指示を出していく管制官の姿を見て、少年の胸は躍《おど》った。

どうすれば宇宙に関わる職に就けるかは、少年にはわからなかった。しかし、数学も理科も得意だったこともあり、この道を進めば宇宙に近づけるはずだと信じて勉学に向き合った。

大学進学にあたり、天野はロケット工学ではなく、情報工学を選択した。

勉強の傍ら読みあさった宇宙関連の書籍で、宇宙開発の現実を知り、その先を見据《みす》えたのだ。

人類は月面に立つことはできた。しかし、現在、そして、予測され得る近未来の技術では、さらに遠い星々に人類が降り立つことはほぼ不可能である。

一九九七年に打ち上げられた土星探査機カッシーニが土星軌道に到達したのは、旅立ちの七年後だった。そのような長時間、人類が宇宙を旅するとなると、膨大な酸素、水、食料を積み込める巨大な宇宙船が必要となるが、それは現実的ではない。なにより、往復一四年もの間、無重力と閉鎖空間という特殊な環境に人類が適応できるかも疑問である。

将来の宇宙探査にはロボットが不可欠であり、その頭脳である人工知能、ＡＩがクローズアップされるはずだ。

その確信を胸に、天野はコンピュータを学ぶ道へ進み、ＡＩを研究した。

しかし、一〇年前、天野が大学から社会へ出ようとしていた頃は、今とは異なり、世間でのＡＩの認知度は低く、第一志望だったＪＡＸＡのみならず、どの宇宙開発関連企業の門も、天野の前で開くことはなかった。

当時、ソフトウェア開発では中堅だったマルイ・ソフトだけがＡＩに興味を持ち、天野を受け入れた。

大学進学時に素直にロケットを学べばよかったと後悔しそうになった天野を支えたのは、自室に飾ってあったペンシルロケット３００の模型だった。

一九五五年に打ち上げられたこのロケットが到達したのは、高度六〇〇メートルだった。衛星軌道までの距離の五〇〇分の一へ飛翔するのがやっとだったのだ。

しかし、ペンシルロケットで培《つちか》われた技術、データが日本の宇宙開発の礎《いしずえ》となっているのは紛《まぎ》れもない事実である。

いつの日か、自分の技術も宇宙開発の礎になれるはず、あるいは、宇宙開発をなんらかの形で支えられるはずだと信じて、天野は目の前の仕事に向き合ってきた。

そして、ＸＡＩの開発に関わることで、大きく夢に近づいた。

それだけに、ＪＩＮ－１の最初の打ち上げが延期になり、原因と今後の予定の説明をＪＡＸＡから受けたときは、ＪＡＸＡに足を踏み入れたというだけで、遊園地に来た子供のように昂奮《こうふん》した。

しかし、今は昂奮よりも、不安のほうが勝っていた。

過去、二回の打ち上げ延期の際には、関東理科大学の教授や学生たちとともに説明を聞いたのだが、今回は、ひとりで、場所も以前の筑波ではなく調布だ。その上、打ち上げが中止となった二日後、月曜日の午前中に、すぐに来て欲しいと、突然に呼び出されていた。

「総務部の部長の山中茂《やまなかしげる》と申します――では、まず、おかけになって、こちらの書類に署名してください」

会議室に天野を案内してきた大柄な男から名刺とともに差しだされた書類が、天野の胸のなかをさらに掻き乱した。

書類は機密保持契約書と題されていて、署名欄が空白になっている。

ここで見聞きした機密を外部に漏らすな、と書類が命じているのだ。

そして、マイクやカメラがあることからして、その機密はテレビ会議を通じて開示されることになり、その相手はかなり高い役職にある人物だろうと想像できる。

大学の人工衛星の開発にあたり、データを解析するＡＩの構築を指導しただけの技術者には、尻込みするしかない状況だ。

かといって、機密保持契約書への署名なしには、話が前に進まないのは明らかだ。

ひとつ息を漏らし、天野は機密保持契約書に署名した。

書面を確認した山中が機器を操作すると、真っ黒だった壁の液晶モニタに色彩が宿った。

高級そうなソファに座るＪＡＸＡの役員が映し出されると思い込んでいたのだが、モニタの向こうも、こちらと変わらない小さな会議室のように見えた。ただし、こちらとは異なり、多くの機器が並んでいる。

「こちらの準備はできました」

山中がマイクの前で声を張ると、待ってください、という女性の声が聞こえた。そしてすぐに、ショートボブで、化粧っ気のない若い女性が映像のなかに飛び込んできた。瑠璃色《るりいろ》の上着の胸にはＪＡＸＡのロゴがある。

「左手はどうしたのですか？」

「これですか？」山中の心配そうな声に、女性は包帯が巻かれた左手首をカメラに向けた。「たいしたことはありません。急いでいて、倉庫で電気をつけないでいたら、足をひっかけて転んでしまいました――それよりも、まずは自己紹介ですね。初めまして。ハイブリッド・ロケット、JIN－1のアシスタント・ランチャー・コンダクタの星原麻美《ほしはらあさみ》です。この種子島宇宙センターで、ロケット打ち上げの総指揮を執《と》っているランチャー・コンダクタの補佐をしています」

はきはきとした声とともに差しだされた名刺がモニタ画面を占拠する。

それに倣《なら》って、天野は自分の名刺をパソコンの横のカメラに掲げ、天野です、とぽつりと応《こた》えた。

「そのひとが本当にAIの開発者なのですか？」

映像から名刺が外《はず》れ、星原の怪訝《けげん》な表情が映し出された。

「間違いなく、マルイ・ソフトの天野さんです」

天野が答える前に、横から山中が返答した。

「いえ、そういう意味ではなく、その格好です。パーカーって……」

「まあまあ。別にネクタイや背広がプログラムを書くわけではないので――」

という山中の取りなしを聞き流しながら、天野はまったく別のことを考えていた。

ロケットの打ち上げの総指揮を執るランチャー・コンダクタというのは、アポロ13号を地球への帰還に導いた管制官に近い立場であろう。そのアシスタントだと名乗る星原は二〇代半ばにしか見えない。

もし、宇宙開発の本流であるロケット工学の方面へ進んでいたら、すでに三〇代を迎えている自分は、あの管制官に近づけていたのだろうか。自分の選択は間違っていたのだろうか。

テレビ会議の相手が予想とはまったく違っていたこともあって、モニタ画面の向こうの星原だけでなく、すぐ隣にいる山中も、やけに遠い存在に感じられた。

「聞いていますか？　本題に入りますよ――まず、理解していただきたいのは、ＪＩＮ－１が窮地に追い込まれているということです」

モニタのなかの星原は、天野の反応を待つことなく続けた。

世界に先駆けた技術が注目されてはいるが、ＪＡＸＡのハイブリッド・ロケット開発には、他国や民間の人工衛星を格安で打ち上げる商業ロケット市場の開拓という側面もある。しかしながら、これまでの三回の打ち上げ延期により、ＪＩＮ－１への不安の声が大きくなってきている。もし、次の打ち上げ、あるいは、その準備段階であるリハーサルでも不具合が発生し、四度目の延期となってしまえば、ＪＩＮ－１は信頼を失い、顧客を得られなくなるかもしれない。

ＪＩＮ－１の売りのひとつであるローコストは、打ち上げを重ねることによって得られる量産効果を見込んだものである。顧客が増えず、打ち上げの回数が伸びなければ、現行のＨ－Ⅱシリーズよりもコスト高になってしまいかねない。

「次の打ち上げはＪＩＮ－１の将来を左右しかねない、ということですか？」

「そうです。場合によっては、一号機だけで計画が終了してしまうかもしれないのです。それに伴い、人工衛星の打ち上げの予定を変更することになり、あなたが開発に協力した関東理科大学のＸＡＩに関しては、打ち上げの権利をほかに譲っていただくことになるかもしれません」

「なんで、そんなことに」

天野の声が暴れて抗《あらが》った。

「大学との契約書には、そのようなこともあり得ると記されています。大学の研究への協力もJAXAの重要な役割です。しかし、もっと優先しなければならないことがあるのです。気象衛星や通信衛星などの打ち上げが遅れると社会に影響が出てしまいます」

「お願いです。どうか、考え直してください」

天野は机に頭を押しつけた。

XAIには学生たちの夢が詰め込まれている。そして、天野の夢が託されている。

天野の技術はデータの解析に使われるだけであり、XAI本体に搭載されて宇宙に出ることはない。しかし、XAIが成功すれば、宇宙開発の分野でもAIが注目され、自分の技術が宇宙へ旅立つ日が近づくはずだと、天野は期待で胸を膨《ふく》らませていた。

それだけに、打ち上げの延期が重なったことで、気持ちは晴れやかではなかった。それでも、XAIの打ち上げは時間の問題だと思っていた。

摑《つか》めそうで摑めないでいるものの、しっかりと指先は夢に引っかかっていると信じていた。あとは、ゆっくりと引き寄せるだけだったはずなのに、今にも夢がするりと指先から逃げていこうとしている。

JAXAでは、ロケットの余剰能力を活かして相乗りで民間企業や大学等が開発する小型人工衛星を打ち上げるプログラムを実施している。宇宙開発の裾野《すその》を広げ、次世代の日本の宇宙開発を担う人材を育成するためである。

このプログラムで、関東理科大学はXAIを宇宙へ送る機会を得た。

そのため、関東理科大学の立場は弱いのかもしれない。

学生たちを指導しただけの天野の嘆願で事態が好転するとはとても思えない。

それでも、天野は頭を下げ続けた。

「頭を上げてください。ＪＩＮ－１の打ち上げが予定通りに成功すれば、なんら問題はありません。そして、わたしたちとしても、次こそはＪＩＮ－１を無事に宇宙へ送り出したいのです。その点では、あなたと利害が一致していると思います――本日、天野さんにお越しいただいたのは、関東理科大学の人工衛星の関係者としてではなく、イシュタル・システムの開発者としてです」

「もしかして、ＪＡＸＡはイシュタル・システムの導入を検討しているんですか？」

頭を上げた天野は顎《あご》に手を添えた。

ファイアー・ウォールの共同開発をネットワーク・セキュリティの最大手、東京電算がマルイ・ソフトに持ちかけてきたのは三年前だった。

ファイアー・ウォールは、ネットワーク・システムの受付兼守衛のようなものである。来客を受け入れ、Ｗｅｂページ、電子メールといった接客スペースへのみ案内し、機密があるところには近づかせず、コンピュータ・ウイルスといった危険物の持ち込みを監視、阻止する。

天野たちが開発したイシュタル・システムは、マルイ・ソフトのＡＩが通信を監視することで、さらに防衛機能を強化している。

イシュタル・システムが採用されれば、ＪＡＸＡを自分の技術で支えることになる。それは誇らしいことではある。しかし、ＸＡＩの打ち上げがどうなるのかのほうが、今の天野には差し迫った問題だった。

「いえ、検討段階は過ぎています。すでにＪＡＸＡでは、あなたが作ったイシュタル・システムが稼働しています」

「ということは……イシュタル・システムに不具合が発生したので、ぼくが呼ばれたということでしょうか？」

天野は耳たぶをさすった。

逐一《ちくいち》、東京電算の営業部門がマルイ・ソフトに販売実績を報告することはない。どこに納入されたかを天野が知るのは、システムになんらかのトラブルが発生し、東京電算の技術者では対応しきれないときくらいのものだ。

「もしかしたら、イシュタル・システムに不具合があるのかもしれません。そのことも含め、ＪＩＮ－１の今回の打ち上げ中止の原因を調査していただきたいのです。ですから、東京電算に問い合わせ、イシュタル・システムにもっとも詳《くわ》しいあなたにお越しいただいたのです」

「打ち上げ中止は、ロケット本体ではなく、ネットワーク関係に問題があったからということでしょうか？」

「そう理解していただいて結構です。ご協力いただけますか？」

ＸＡＩの打ち上げが白紙に戻ってしまいそうになっているなか、懇願するほかには、自分はなにもできないと諦《あきら》めていた。

しかし、自分の手でＸＡＩを窮地から救えるかもしれない。

天野は目を閉じ、ＸＡＩを載せたＪＩＮ－１が宇宙へ向かう姿を想像した。

「わかりました」

　そして、ゆっくりとうなずいた。

「今回の打ち上げ中止は、ロケットのコンピュータと管制システムのコンピュータとのデータ受送信に〇・〇〇〇七秒の時間差が生じ、これをロケット側のコンピュータが異常と判断したためでした」

　星原が切り出してきた内容はすでに公表されていてニュースになってはいたが、それに続いたのは未発表のことだった。

　この事故を受けてＪＡＸＡ内で組織された事故調査チームがさらに調査したところ、管制システムのコンピュータがコンピュータ・ウイルスに感染していたことが判明した。

　このウイルスは、コンピュータ内にある特定の形式のファイルを勝手に書き換えるタイプだった。標的となる形式のファイルがコンピュータ内になかったため、ウイルス感染による直接の被害はなかったものの、ウイルスが標的を探すことで管制システムに負荷がかかり、ロケットのコンピュータと時間差が生じたのだ。

「新種のウイルスだったということですか？」

　多くのウイルス対策ソフトでは、パターン・マッチング法という手法が用いられている。すでに発見されているウイルスの特徴をデータベース化し、それを用いて、ウイルスかどうかを判定する。そのため、データベースに登録されていない新しいウイルスを発見するのは難しい。

　それはイシュタル・システムでも同様である。

ただし、イシュタル・システムでは、ウイルス感染によるデータ流出を防ぐために、不審な通信がないか、常にＡＩが監視している。これにより、顧客の機密を悪意あるハッカーから守ることができる。そこがイシュタル・システムのセールスポイントとなっている。しかし、システム内のデータを破壊するウイルス、それも新種には対抗できない。

「まったく新しいタイプでした。このようなウイルスへの対策が難しいのは理解しています。まずは、ウイルスの感染経路の特定が優先されますが、こちらの対策も検討していただきたいと考えています」

「わかりました。この件は会社に持ち帰り、共同開発をしている東京電算と協議させていただきます」

「よろしくお願いします――三日後の木曜日の午後二時から二四時間の打ち上げリハーサルを行い、そこで問題がなければ、その翌週の木曜日、午後三時にＪＩＮ－１を打ち上げる予定です」

「そうなると、三日後のリハーサルまでには対策を施す必要があるということですね」

「できるものなら、今日、明日にでも、ある程度の結果を出してください。ＪＡＸＡとしては、一刻も早くこのことを発表したいのです」

「ウイルスに感染して打ち上げが中止になったと公表するんですか？」

天野の声がひっくり返った。

ＪＡＸＡはこのことを隠蔽《いんぺい》するつもりであり、外部で吹聴《ふいちょう》させないために機密保持契約書に署名させたのだと思い込んでいただけに、天野は星原の言葉を素直に受け入れることができなかった。

「当然です」

太陽は東から昇るのですかと質問されたかのように、星原は平然と答えた。

「こんなことが公になれば、ＪＡＸＡは批難されますよ」

「隠蔽して、あとになって、そのことが露見してしまえば、ＪＡＸＡはもっと大きな批難にさらされ、信頼を失います。宇宙開発は失敗の連続です。それをいちいち隠していては、きりがありません。なにより、ＪＡＸＡには多大な税金が投入されています。隠蔽すれば、納税者、国民を裏切ることになります。隠蔽など許されないのです」

「ですが、現在のこの状況は隠蔽ではないでしょうか？」

「すべてを包み隠すことなく即座に公表したかったのですが、もし、セキュリティに不具合があって、未対策のままで公表すれば、それが悪用されて、再び、打ち上げを妨害される恐れがあるので、発表を見合わせているだけです。あなたには機密保持契約書に署名してもらっていますが、調査の進捗《しんちょく》によっては、その効力はすぐに消滅すると思っていただいて結構です」

「契約書の効力が早々に消え去るよう、すぐに調査に取りかかりたいのですが、その前に、作業手順について相談したいことがあるので、責任者の方と代わっていただけませんか？」

「わたしが事故調査チームのリーダーです。チームの責任者はわたしです」

モニタから殴《なぐ》りつけるような視線が飛んできた。

「あなたが？」

改めて、天野はモニタに映し出されている女性をまじまじと見やった。

「わたしが責任者なのが、そんなに不満ですか」

「違いません」天野は手をしきりに振って否定した。「不満ではなく、若いひとを責任ある職に抜《ばっ》擢《てき》するJAXAに驚いただけです」

「宇宙開発には、前例がない仕事も多々あります。そのような場合、経験の有無は関係ありません。重要なのは自分で考えることです。一般の企業のことは知りませんが、二年目から重要な仕事を若手にどんどん任せる、それがJAXAです。わたしは、すでに三年目です。二年目で今のアシスタント・ランチャー・コンダクタに就きました」

一気にまくしたてられて肩をすぼめた天野に構うことなく、細かな作業手順が星原から列をなして迫ってきた。それにシンクロして山中から資料が提示され続けた。

図面を用いての星原の説明は理路整然としていて、プロフェッショナルな仕事だと感じられた。

そして、最後にイシュタル・システムの保守用IDとパスワードを教えられた。

「このIDを使えば、JAXAのコンピュータ・システム内を自由に閲覧でき、データの受送信もできるそうです。それと、外部からの接続も可能ではあるのですが――」

「IDが漏洩《ろうえい》してしまったときの対策が施されていて、使えるのは一〇分間だけ。それを超えるとIDが無効になるんですよね」

「これは釈迦《しゃか》に説法でした。開発者なのですから、知っていて当然ですよね――ですから、会社に戻っての作業は、実質、無理だと思います。不便かもしれませんが、そちらの会議室で調査をしてください」

「コンピュータさえあれば、どこで作業するのも同じです」

「わたしからは以上です」星原が続けた。「わたしはリハーサル、打ち上げの準備で席を外すことが多くなると思います。なにかあれば、携帯電話のほうに連絡してください。お手数ですが、メモしてください。番号は――」

その先を天野は手で制した。

「さっき、名刺を見たときに覚えましたから不要です」

「あの一瞬で？」

星原の目が丸くなった。

「ええ、そうですよ。非常に美しく、覚えやすい数字の並びでしたから」

「美しい？　一二三四とか、三三三三といった数字なら、覚えやすいでしょうけど……」

「頭の三桁は、携帯電話の場合、〇九〇か、〇八〇、あるいは〇七〇ですから、苦もなく覚えられます。次の四桁の五三二五は、一万までの素数の個数である一二二九、それと二の一二乗である四〇九六、ふたつの美しい数字の和《わ》ですから――」

「いいです。わかりました。説明はいりません……」理解できないといわんばかりに星原が小さく首を横に振った。「で、あなたの携帯電話の番号を教えて欲しいのですが」

「携帯電話の番号はありません」

「どういうことですか？」

先ほど以上に星原の目が大きくなった。

同様の質問をされるたびに繰り返している定型文を天野は口にした。

「ぼくは、ほとんどの時間を会社と自宅で過ごしています。その間は、それぞれの電話で連絡がつきます。それに、電話なんかよりメールのほうが便利です。聞き間違いといったトラブルがありませんからね」

「今どき、携帯電話を持っていないって……」

星原が肩をすくめた。

聞き慣れた台詞《せりふ》なので、天野は聞き流して、机の上で資料の束の端を揃《そろ》えた。

「そういうことでしたら、席を外すときには、ひと言、わたしに声をかけてください」

山中が内線電話の番号を書いたメモを差しだしてきた。それを資料の上に置くと、天野は鞄《かばん》を開いて作業の準備にかかった。

「ちょっと、それはなんですか」

モニタの向こうで星原が声を破裂させた。

「これ、だめですか？」天野は右手に持つイヤフォンをカメラに向けて掲げた。「作業中に音楽を聴くのは、ＪＡＸＡでは禁止ですか？　音楽がないと作業が捗《はかど》らないんですよ。声をかけられたら聞こえる程度の音量にしておくので、問題はないと思うのですが」

「問題なのは、そこではありません。左手に持っているものです」

「あ、これですか。スマートフォンですね」

自分で再確認するかのように、左手に持っているものを見やる。

「さっき、携帯電話は持っていないと言ったじゃないですか」

言葉では質問していたが、声は抗議そのものだった。

「携帯電話の番号はないと言っただけです。スマートフォンは持ってはいますが、電話会社とは契約していないので通話はできません」

「通話できないものを持ち歩くなんて理解できません」

「いつでもどこでもお気に入りの音楽を聴けるし、きれいな写真も撮れる。無線ＬＡＮがあれば電子メールのチェックもできるので、なかなか便利ですよ」

「電話もできるようにすれば、もっと便利になると思いますよ」

モニタのなかの星原が、信じられないと言いたげに、かぶりを振った。

その姿を気にかけることなく天野はイヤフォンを耳に押し込み、スマートフォンを操作した。

デビッド・ボウイの「スペース・オディティ」の澄んだアコースティック・ギターの音が右の耳をくすぐった。

★

コンピュータのモニタ上に文字列が流れていく。

天野は頬杖《ほおづえ》をついて、それを見やっていた。

「音楽鑑賞をするために来てもらったのではありませんよ」

星原の尖《とが》った声が、「フライ・ミー・トゥ・ザ・ムーン」を唄うフランク・シナトラの艶《つや》やかな声に割り込んできた。

壁にかかっているテレビ会議のモニタに視線を向けると、星原が腕を組んでこちらを睨《にら》みつけていた。

「調査は進めていますよ」

イヤフォンを外して、天野は顔をしかめた。

「さっきから見ていましたけど、ずっと、あなたの手は止まったままでした」

「ＪＡＸＡ内のコンピュータをしらみつぶしに精査しているところです。一台、一台、手作業で確認していては、いくら時間があっても足りません。なにせ、五〇〇〇台以上ありますからね。ですから、イシュタル・システムを操作する簡単なプログラムを書きました。あとは結果が出るのを待つだけです」

「ということは、まだ、なにもわかっていないってことですね」

「いえ、かなりのところまで迫れていると思いますよ」

天野は調査の状況をかいつまんで説明した。

まず、天野はイシュタル・システム内の記録を調べた。

ハッカーと思《おぼ》しき連中がイシュタル・システムに侵入しようとした形跡はいくつも見つかった。しかし、彼らの攻撃はことごとく跳ね返されていた。

天野は記録の精査をさらに続けた。

ＪＡＸＡのコンピュータ・システムには、出張中の職員が外部から接続できる機能がある。この機能を使うためのＩＤとパスワードが漏れ、それが悪用されて、ウイルスが送り込まれたのかもしれないと疑ったのだ。

外部からの接続については、いつ、だれが、どこから、ＪＡＸＡ内のどのコンピュータに接続し、どのような通信をしたのかが詳細に保存されている。しかし、ウイルスに感染していた管制システムそのものどころか、種子島宇宙センターの管制室にあるほかのコンピュータへアクセスした記録さえもなく、怪《あや》しい通信もなかった。

この結果は、大きな問題をはらんでいるという意味でもあった。

ウイルスに感染していた管制システムのコンピュータへ外部から直接、ウイルスが侵入していないのであれば、JAXA内でウイルス感染が広がっていると考えるのが普通だ。

しかし、ほかにウイルスに感染しているコンピュータがないか、イシュタル・システムを使ってJAXAのネットワーク内をいくら調べても、そのようなコンピュータは見つからなかった。突然変異が起こったかのように、一台のコンピュータだけがウイルスに感染している。しかし、ウイルスが自然に発生することはない。

そのため、天野は調査の方針を大きく変えた。

ハッカーがJAXA内に入り込み、ウイルスを仕込んだのではないかと疑い、その痕跡を探したのだ。

手始めに、管制システムのコンピュータの中身をイシュタル・システムでのぞき見して精査したが、不審なところは見当たらなかった。

管制システムのコンピュータは、JIN－1打ち上げの管制の中枢だけあって、ネットワーク内のほかのコンピュータからの接続は大きく制限されている。常時、繋《つな》がっているのは、調布にあるスーパーコンピュータと、管制室にあるほかの四台のコンピュータだけで、通信も、これらのコンピュータの間でしか行われていなかった。

そこで、管制室の四台のコンピュータを調べたところ、異常があった。アクセス・ログが一度、削除された痕跡があったのだ。

「アクセス・ログ？」

星原が疑問の声を差し挟んできた。

「ほかのコンピュータとの通信に関する記録です。ハッカーは、このコンピュータを経由して管制システムに侵入してウイルスを仕掛け、その後、アクセス・ログを二台のコンピュータから削除したんだと思います」

「二台？　一台ではなく？」

星原が怪訝な表情を見せた。

「ええ、二台です。一台目からは管制システムに侵入できなくて、二台目で成功したんでしょう――さっき、説明したように、外部からは不審なアクセスはありませんでした。ですから、このハッキングは、ＪＡＸＡ内部のコンピュータから行われたと考えられます。だからこそ、アクセス・ログを消して、どこからハッキングを仕掛けたのかを調べられないようにしたのでしょう」

「ハッカーがＪＡＸＡの職員のはずがありません」

星原が声を荒らげた。

「ＪＡＸＡの職員がハッカーだとは、ぼくは言っていませんよ」

「ですが、ＪＡＸＡ内のコンピュータがハッキングに使われたのなら、それを使ったのはＪＡＸＡの職員ということになります」

「そうとは限らないと考えています。一回目と二回目の打ち上げ中止のとき、ぼくはＪＡＸＡの会議室で経緯の説明を受けました。あの会議室にもコンピュータがありました。部外者でも、Ｊ

ＡＸＡ内からハッキングを仕掛けることは可能だと思います」

「たしかにね――それで、ハッキングに使われたコンピュータは、どこの会議室にあったのですか？」

「今、それを探しているんです。もしかしたら、ハッキングを仕掛けた側のコンピュータからもアクセス・ログが削除されているかも――」

コンピュータのモニタに視線を向けていた天野は小さく首を振った。

「どうしました？」

星原の心配そうな声がテレビ会議のモニタから向けられた。

「イシュタル・システムがＪＡＸＡ内のコンピュータのアクセス・ログを確認し終えました」

「結果は？」

「アクセス・ログに異常があるコンピュータは見つかりませんでした」

天野は唇を嚙《か》んだ。

「ということは、やはり、外部からのハッキングだったということですか？」

「いえ、ＪＡＸＡ内に持ち込まれたノート・パソコンがウイルス送信に使われたのかもしれません」

「そして、それはすでに持ち出されてしまっていると？　そうなると、お手上げですね」

「ほかの可能性もあります。ＪＡＸＡ内にあるものの、今は起動していないコンピュータが使われていた場合です」

「一台、一台、直接、確認してまわるとなると……」

段取りを考えているのか、星原は額《ひたい》に手を添えた。

ＪＡＸＡの施設は、北は北海道の大樹《たいき》航空宇宙実験場、南は種子島宇宙センターと、日本中に点在する上、ヒューストン、ワシントン、パリ、モスクワ、バンコクに事務所が設置されている。

すべてをまわるのは簡単なことではない。

「いえ、いい方法があるかもしれませんよ」

作業の前に渡された資料に気になる記述があったことを思い出して、天野は資料をめくっていった。

やはり、そうだ。これは上手くいくかもしれない。

天野の指先がコンピュータのキーボードの上で踊る。

モニタ上に新たなプログラムの文字列が並んでいく。

「なにをしているのですか？」

テレビ会議のモニタのなかで、腕を組んだ星原が仏頂面を見せていた。

「ＪＡＸＡ内のコンピュータのほとんどがＷＡＫＥ　ＯＮ　ＬＡＮ機能に対応しているんですよ」

天野は指先を止めることなく答えた。

「どういうことですか？」

「テレビやエアコンがリモコンのボタンを押すだけで起動するのは、そのとき、機器が待機状態にあり、完全に電源が遮断されていないからです。それと同様に、通常、ほとんどのコンピュータは待機状態にあり、ＷＡＫＥ　ＯＮ　ＬＡＮ機能に対応していれば、ネットワーク経由の遠隔操作で起動させることができます。この機能を使えば、眠りについているＪＡＸＡ内のコンピュータをイシュタル・システムで次々にたたき起こし、アクセス・ログを精査できるはずです」

「それって、デスクの上のパソコンが勝手に起動するということですよね？」

「そうなりますね」

天野の右手の小指がキーボード上のリターン・キーを叩いた。

「そんなことになれば、なにが起こったのかわからず、混乱が広がるかもしれません。注意喚起のメールを一斉送信しますから、少し待ってください」

「待てと言われても、今、プログラムを動かしてしまいました」

天野は視線を逸《そ》らして、頭を掻いた。

すでに、コンピュータの画面に文字列が走っている。

ＪＡＸＡ内で待機状態になっているコンピュータが次々に起動し、そのなかをイシュタル・システムが精査しているのだ。

「どうして勝手なことをするんですか」星原が声を荒らげる。「とりあえず、一度、止めてください」

「このプログラムでは、コンピュータの起動、アクセス・ログの確認、コンピュータの停止というのがひとつの流れになっています。今、プログラムを止めてしまえば、コンピュータが起動したままの状態がいくつも発生しますよ」

「そんな……」星原が力なく首を振った。「それでも、一応、注意喚起のメールは送っておきます」

テレビ会議の画面のなかで、星原がパソコンに向かって作業を始めた。

「急ぐ必要はありません。勝手にコンピュータが起動する事象があった、と過去形のメールを送信しておいてください」

「どういうことですか？」

星原が尖った視線を投げつけてきた。

「調査は終わりました」

モニタが点滅し、アクセス・ログに異常があるコンピュータを発見したと告げていた。

第二章

さほど広くはない個室の窓際に背を向けるようにして置かれているデスクの上には、二台の液晶モニタと、中古市場でやっと見つけて購入したヤマハのモニタ・スピーカー、NS－10Mが並んでいる。そのデスクの傍らには、ふたりがけのソファがある。座るのではなく、横になって仮眠をとるためのものだ。

壁には棚が作り付けられていて、そこには、ペンシルロケット、スペース・シャトル、アポロ計画の月着陸船、小惑星探査機「はやぶさ」などの模型や地球儀とともに、車のおもちゃが飾ってある。

JAXAでの調査を終えて会社の自室に戻った天野は、椅子《いす》に深く身を沈め、一〇年前の就職活動のことを思い出していた。

AIの能力を飛躍的に進化させたディープ・ラーニング技術の源は、一九五七年に提唱されたニューラル・ネットワークの理論である。

天野はこの理論を大学で研究し、ディープ・ラーニングに近いAIを構築した。

ディープ・ラーニング同様、天野のAIも、膨大な計算資源と学習データを必要とした。計算資源は、夜中に学部中のコンピュータを起動し、ネットワークで管理して確保した。学習データは、インターネット上で公開されている写真を利用した。

写真にモザイクをかけ、もととなった写真とともにＡＩに読み込ませて学習させ、モザイクのかかった写真からモザイクのない写真をＡＩに推察させようとしたのだ。

このときの研究の延長線上に、関東理科大学の人工衛星ＸＡＩのデータ解析ＡＩがある。

天野は、就職活動の面接で、宇宙開発におけるＡＩの活用、さらには、ほかの様々な分野でのＡＩの応用について熱弁を振るった。

しかし、第一志望だったＪＡＸＡや宇宙開発関連企業の採用担当者は、天野のソフトウェア開発能力には肯定的だったものの、ＡＩに理解を示そうとはしなかった。

当時、すでにチェスの世界ではＡＩが人類を圧倒していたものの、もっと複雑なゲームである将棋、囲碁ではＡＩはプロ棋士の足元にも及ばず、ＡＩが自動車を運転するなど夢物語でしかなかった。ＡＩはＳＦの世界でしか、まだ、生存権がなかったのだ。

ＡＩを開発し続ければ、それは間接的に宇宙開発に貢献できるはずだと自分に言い聞かせて訪問した大手のコンピュータ・メーカー、ソフトウェア開発会社でも同様の反応だった。

素直に大学でロケット工学を学んでおけばよかったと天野は後悔した。

そのようななか、中堅ソフトウェア開発会社、マルイ・ソフトの丸井裕司《まるいゆうじ》社長だけは違った。

「すごいよ。面白いよ。それが実現すれば、世の中が変わるよ――きみの大学、成績だと、うちは不釣り合いかもしれないけど、わたしとしては、是非、きみと一緒にそのＡＩを実現させたい」

丸井が採用担当者を押しのけ、身を乗り出してきた。

あとで聞いた話なのだが、面接のとき、丸井には、天野が亡き兄の姿と重なって見えたそうだ。

ＡＩの開発で業績を伸ばし、六本木のオフィスビルのワンフロアを独占するまでに成長したマルイ・ソフトの前身は、兄、浩《ひろし》とともに丸井が一九八〇年に立ち上げた丸井コンピュータ販売という会社である。

当初、起業を躊躇《ちゅうちょ》していた弟に、まだマニア向けでしかなかったパソコンの未来を兄は熱く語った。その姿を丸井は思い出したとのことだった。

ＡＩの研究、開発ができる。この一点だけで、天野はその場でマルイ・ソフトを選択するという決断をした。当然、天野の視線の先には、宇宙開発に貢献できるＡＩの構築があった。

大学進学に際して、ロケット工学ではなく情報工学を選択したのは、間違いだったかもしれない。しかし、一〇年前、就職の際には、ベストの選択をしたと天野は確信していた。

ＡＩの研究、開発を丸井のもとで進めてきた結果、関東理科大学の人工衛星に関わることができ、ＡＩを宇宙へ送るという夢に近づけた。

さらには、宇宙開発の現場を自分の技術、イシュタル・システムが支えている。

そして、イシュタル・システムの開発者として、新型ロケットの打ち上げが中止になった原因の究明に貢献できた。

天野は腕を組み、調布でのことを思い返した。

調査により、筑波宇宙センターの資料室のコンピュータが管制システムへのハッキングに使われていたことが判明した。

通常では部外者が入れない場所ではあるが、打ち上げの説明会等の出席者であれば、職員の目を盗んで入室することは可能かもしれないと、星原は説明していた。

そして、手口が判明したので再発防止の対策は可能であるものの、入館者のリストを精査してもハッカーを特定するのは困難であろうという内容で、星原が報告書を作成することになった。ハッキングの目的がいたずらだったのであれば、これで無事にＪＩＮ－１の打ち上げは行われるだろう。

しかし、なんらかの悪意を持ってのハッキングであったのなら、さらなる妨害が仕掛けられてくるかもしれない。

ぼんやりしている暇はないぞ。

自分に言い聞かせると、天野はデスクの上のモニタを見やった。

マルイ・ソフトでは、自律走行ロボットの開発を進めている。電気、水道、ガス、通信などのライフラインをまとめて道路の地下などに埋設している共同溝を検査するためのものである。

個室の棚に並んでいる宇宙関係の模型は天野の趣味ではあるが、車のほうは、この研究のために買い揃えられた。

モーグラーと名付けられているその自律走行ロボットは、放射線対策を施せば原発事故の現場でも活用できるのではないかと電力会社が検討し始めたことで、マスコミにも取り上げられた。そのため、まだ試験中ではあるものの、注目されている。

デスク上の右側のモニタには、モーグラーの開発の進捗状況が映し出されていて、順調そのものだった。実証実験を繰り返し、問題の洗い出しとその解決をしていくとともに、操作性の向上を進める段階に入っている。

問題は左側のモニタだった。

そこには、ＪＡＸＡでの調査中に東京電算に連絡して、送ってもらっておいたコンピュータ・ウイルスの資料が映し出されている。

星原から新種のウイルスへの対策を打診されて、天野はすぐにＡＩの活用を考えた。しかし、こうして資料に軽く目を通しただけで、それが簡単でないことが見て取れた。

ＡＩの開発には、上質でかつ大量のサンプルが不可欠である。

たとえば、画像を読み込んで、それが猫なのかどうかを判断するＡＩの場合、四本の足があり、目が大きいといった猫の特徴を事前にプログラムに書き込む必要はない。いくつもの画像を読み込むことで、ＡＩが猫の特徴を自ら学んでいく。ただし、読み込む画像の選択には注意しなければならない。読み込む写真に偏《かたよ》りがあって、黒猫と三毛猫ばかりを見て学習をすると、猫は黒か三色の毛で覆われている動物だとＡＩは思い込んでしまい、白い猫の写真を読み込んでも猫とは判断しなくなってしまうことがあるのだ。

ひとつのウイルスが広がると、それに少し手を加えたもの、亜種が数多く作られてしまう。そのため、ネットワーク・セキュリティの最大手である東京電算で把握しているウイルスにも大きな偏りがあるのだ。

さらには量の問題もある。

日々、新たなウイルスが作られている上、マルイ・ソフトが開発しているＡＩがほかのものよりも少ないサンプルで学習効果を得られるとはいえ、現状では、まだ数が足りていないのだ。

ハッカーが再度、ウイルスを使ってＪＩＮ－１の打ち上げに妨害を仕掛けてきたときに備え、どうにか試作品だけでも作り上げたい。

どうしたものか。なにか対応策はないだろうか。

早急にアイデアをひねり出さなければ……。

数字が並ぶモニタを見やりながら、天野は耳たぶをさすった。

チャイムの音とともにデスクの上のモニタにウィンドウが開き、来客を伝える社内メッセージが表示された。天野の頭のなかを巡っていた思考が急停止した。

天野には来客の予定がなかった。そもそも、めったに来客などない。プログラムの仕様の打ち合わせにしても、基本、電子メールでやり取りする。

だれがなんの用件で？

怪訝に思ったものの、わざわざ足を運んできた人物を追い返すわけにもいかない。

――お通ししてください。

天野は受付に社内メッセージを送信した。

★

――防衛省　情報本部　画像・地理部　筑波分室　一尉　倉永俊秀《くらながとしひで》
と綴《つづ》られた名刺と、天野とほぼ同年代に見える男の間で、天野の視線は何度も往復した。
男のベージュ色のシャツ自体はいたって普通なのだが、左胸には見慣れない徽章《きしょう》らしきものがある。両肩にあるのは階級章だろう。ただし、戦士という言葉を想像させる筋肉がそのシャツの下に隠されているようには見えなかった。

「とりあえず、おかけください」

天野はデスクの傍らのソファを勧めた。

男は、短い髪をオールバックに整えた頭を小さく下げ、失礼します、とソファに浅くかけた。

「防衛省の方がどういったご用でしょうか？」

深く座っているキャスター付きの椅子を後ろに下げ、天野は男から距離を取った。

「自衛隊員だからといって、そんなに警戒しないでください」

戦うことが身に染みこんでいるとは思えない柔らかな口調だった。しかし、男が付け加えた笑みには、ひとの心を溶かすような温《ぬく》もりはなかった。

「そんなつもりはありません。ただ、仕事の発注であれば、営業課を通して欲しいだけです。それと、あなたの口調には、ちょっと違和感というか……」

「違和感ですか——ご存知かと思いますが、現在、防衛省では情報収集衛星を運用しています。わたしは、ＪＡＸＡの筑波宇宙センターにて、その衛星からのデータの分析をするとともに、ＪＡＸＡと防衛省との連絡役を担っています。戦うための訓練から離れて久しいので、世間のひとが持つ自衛官のイメージがわたしにはないのかもしれません」

「その分析にＡＩを使いたいのですか？　まずは営業課に話をしてください。ぼくのほうから担当者に連絡を入れておきましょう」

天野はデスクの上の電話に手を伸ばそうとした。

「いえ、ＡＩの開発のお願いに上がったわけではありません——ＪＡＸＡから依頼され、あなたはＪＩＮ－１の打ち上げ中止の原因を調べましたよね。その調査の経緯を教えていただきたいのです」

「それはちょっと……」

天野は椅子を引いて、男からさらに離れた。

「お願いします。調査の結果が間違っているとしか思えないのです」

「ぼくの調査に間違いがあったと？」

天野は強い語気で返した。

「そうは言っていません。調査のどこかに見落としがあったのではないかと疑っているだけです
――ウイルスを仕込んだハッカーだと疑われているのは、わたしの上官である筑波分室長の佐藤《さとう》康彦《やすひこ》二佐です。現在、防衛省でヒアリングという名の取り調べを受けています」

「自衛官がハッキングをしていたのですか？」

天野は顎に手を添えた。

「佐藤分室長が疑われていることはご存知なかったのですか――あなたも不審に感じますよね。佐藤分室長が犯人のはずがありません」

「いいえ、そういう意味ではありません。外部のハッカーによるものだと思っていたので、意外だっただけです――警察官が犯人だったという事件もあります。自衛官が間違いを犯すこともあるんじゃないでしょうか？」

「自衛官による事件が皆無だとは、わたしも言いません。しかし、佐藤分室長が打ち上げを妨害したとは信じられないのです」

「なにを信じるかは、あなたの自由でしょう。でも、調査の経緯をぼくなんかに訊《き》く必要がある

とは思えません。ＪＡＸＡなり、防衛省なりの担当者に問い合わせればいいのでは？」

「実は、今回の事故を受けてＪＡＸＡ内で組織された事故調査チームにわたしは入っています。いえ、正確には、入っていました。同じ自衛官に嫌疑がかかったため、一時的にですが、わたしはチームから外され、ＪＡＸＡでは情報から遠ざけられているのです。防衛省でも、佐藤分室長がわたしの直属の上官ということで、調査から外されました――お願いします。わたしはあなたに頼るほかないのです」

ソファから立ち上がり、男が深く頭を下げた。

「やめてください。とりあえず座ってください――ぼくはウイルスの送信に使われたコンピュータを特定しただけですから……」

天野はデスクの上のコンピュータを操作した。

五分ほど前に星原から「報告と御礼」というタイトルの電子メールが届いていた。コンピュータ・ウイルスを識別するＡＩのことで思考を巡らせていたため、まだ本文を読んでいなかった。そのメールを天野は開いた。

メールには、タイトル通り、ハッカーを特定するまでの経緯の報告と、天野の協力があったからこそ、この成果を得られたとの謝辞が記されていた。

筑波宇宙センターの資料室に設置されているコンピュータからハッキングが仕掛けられたという天野の調査結果を受け、ＪＡＸＡでこのコンピュータを調べたところ、佐藤の指紋が検出された。資料の電子化が一年前に完了していたので、最近、その資料室へのひとの出入りはほとんどなかった。そのため、残っていた指紋はハッカーのものだと推測されたというのだ。

「おかしいです。佐藤分室長が資料室に行くとは思えません」

いつの間にか、男がモニタをのぞき込んでいた。

「ちょっと――」機密保持契約書の効力はまだ生きているはずなので、天野は慌ててメールを閉じた。「頻繁に行く、行かない、それは関係ないと思います。自分のデスクのコンピュータを使えば容易にハッカーだとばれてしまうので、資料室のコンピュータからウイルスを送信した。それだけではないでしょうか?」

「佐藤分室長が打ち上げを妨害するはずがないのです。分室長は、なに者かにより犯人に仕立てられたに違いありません」

「はずがないって、それは、あなたの個人的な感想ですよね」

天野の反論に男は腕を組んで黙り込んだ。

「あなたの用件は終わりましたよね。どうぞ、お帰りください――それと、大切なお願いがあります。ぼくはJAXAと機密保持契約を交わしています。さっき、あなたが見たメールも機密にあたるかもしれません。正式な発表があるまでは、口外しないでください」

お帰りください、と繰り返す代わりに、天野は部屋の扉へと手を向けた。しかし、男の足がそちらへ向くことはなかった。

「わかりました。それならば、機密を口外しないとわたしにも約束してください」

男が見据えてきた。

「どういうことですか?」

天野は怪訝な視線を男に向けた。

「先ほど、わたしの仕事について説明しましたが、あれは表向きの任務です。わたしの真の任務は別にあります。自衛隊へのスパイの浸透の防止ならびにスパイの捜査、そして、機密流出の阻止です。情報本部の画像・地理部という肩書きは偽装です。わたしは、自衛隊情報保全隊に所属する一尉なのです」

「ちょっと……ちょっと、待ってください」天野は尻込みしつつも、言葉を割り込ませた。「表向きの任務とか、真の任務とか、スパイとか、ぼくなんかが知るべきことではないように思うんですが……」

「本来であれば、話すべきことではありません。ですから、口外しないとの約束をお願いしたのです」

「約束した覚えはありません。あなたが勝手に話しただけです」

天野は強い語気で抵抗した。

「口外するか、しないかは、あなたの良心にお任せします」

「そんな……」

長い息をこぼし、天野は小さく首を振った。

この男はスパイの捜査をしていますよ、と喧伝《けんでん》してまわっても、なんら天野の得にはならない。それだけに、口外するつもりはなかった。しかし、一方的に話を進めるこの男に好感を持てず、天野は鼻を鳴らした。

「なぜ、素性をぼくに明かしたんですか？」

「佐藤分室長が無実であることを説明するためです」

　男は表情を変えることなく答えた。

「強引なひとだ……。その説明を聞き終えるまでは、あなたは帰ってくれそうにありませんね。それなら、その説明の前に、ひとつ質問させてください。スパイの捜査が任務であるあなたが、なぜ、ＪＡＸＡに入り込んでいるんですか？」

　男の目を見ることなく、天野は疑問を投げかけた。

「ハイブリッド・ロケットの機密漏洩を阻止するためです。ＪＩＮ－１のローコスト技術は衛星打ち上げビジネスの世界で注目されていますが、軍事関係者は、そこではなく、精密な制御に着目しています。この技術を大陸間弾道ミサイルに転用すれば、ＣＥＰを数十メートル、場合によっては、十数メートルにまで縮めることが可能だと推測されています」

「ＣＥＰ？」

「平均誤差半径、半数必中界とも言います。一〇〇発のミサイルを撃てば、半数の五〇発はこの半径のなかに着弾するという数値です。ＪＩＮ－１の技術をどこかの国が盗み出し、それをもとに新型ミサイルを開発すれば、世界の軍事バランスが大きく変化するのは必至です」

「そこまで大袈裟な……」

　天野は乾いた笑いを付け足した。

「大袈裟な話ではありません」男の口調には、冗談が入り込む隙《すき》はなかった。「現状、大陸間弾道ミサイルのＣＥＰはよくても一〇〇メートル単位です。海を越えて敵国の中枢、たとえば日本の総理官邸を狙っても、官邸の敷地内にさえ着弾せず、赤坂の街に落ちればいいところです。これでは、通常の弾頭、火薬の爆弾では効果は望めません。ですから、目標の周囲、数キロを破壊できる核弾頭を使うしかありません。しかし、核を使えば、核の報復を受けて自らも破滅する。それが今の世界の常識です。いくら大陸間弾道ミサイルや核を持っていても、それは使えないのです」

「しかし、JIN−1の技術なら、核の報復のない普通の爆薬で一方的に敵国の中枢をピンポイントで狙える……」天野から諦めの響きを帯びた声がこぼれた。「技術の進歩と兵器開発は表裏一体だということは理解しているつもりです。AIにしても、すでに自動運転をイスラエルが兵員輸送車に導入していると聞いたことがあります。ですが——」

「あなたが言いたいことは理解できます。技術者としては、人殺しの道具は作りたくありませんよね。しかし、それが現実なのです」

自分を納得させるかのように、男はゆっくりとうなずいた。

「JIN−1の技術を外国が欲しがる理由はわかりました。でも、それを盗むスパイなんてものが、この日本国内にいるんですか?」

「カー・チェイスとか、拳銃を撃ち合う美女と美男子とかを想像しているのでしょうが、そういったスパイは映画のなかだけの存在です。本物のスパイは目立つことなく、街に溶け込んでいるものなのです——二〇一三年に発覚した防衛省情報本部からの機密漏洩事件では、定年退職後に再任用された六〇代の女性事務官が書類を持ち出し、男性留学生に渡していました。その留学生は、女性が立ち寄るスーパーでアルバイトをしていて、そこで知りあっていたのです」

男は、いくつか具体的な事例をさらに挙げると、スパイの手法について話し始めた。

一時期は画像データのなかに情報を隠し、インターネット上でやり取りするといった電子的な手法が主流になっていたが、防諜《ぼうちょう》側の監視が強まり、以前のアナログ的な手法に戻りつつあるという。

男は、その代表的な方法を説明していった。

「少し話題が逸れすぎました。本題に戻らせてもらいます――周囲から昼行灯《ひるあんどん》と揶揄《やゆ》されることもあるのですが、佐藤分室長も情報保全隊の一員なのです。防衛省がＪＡＸＡに設置している画像・地理部の筑波分室の実態は、情報保全隊の筑波分室なのです。分室長は、転属になって、まだ半年ですが、諜報、防諜のイロハは身につけています。もし犯人なら、指紋を拭《ふ》き取るくらいのことは絶対にします――分室長が筑波分室に配属されたとき、わたしは分室長の素行を徹底的に調査しました。それ以降も、常に分室長に疑いの目を向けてきました。しかし、分室長に怪しいところはまったくありませんでした」

「佐藤さんというひとは、あなたの上司なんですよね。そんなひとを調査したんですか？」

「一般のひとにには理解できないかもしれませんね――他国のスパイが最優先でどこを狙うか、わかりますか？」

「ぼくはスパイではないので、そんなことはわかりません……。しいて言えば、権力の中枢、政治家とかでしょうか？」

「違います。防諜組織です。スパイを捜査する組織にスパイを潜入させることができれば、仲間のスパイに危険が迫っているかどうかが把握できますからね。さらには、そのスパイに捜査の手が伸びないよう、組織を誤った方向へと誘導することもできます。そのような事態を防ぐために、わたしたち情報保全隊は、常にほかの隊員を監視しているのです」

天野は男の目を見つめた。

この男は自分とは違う世界に住んでいる。そうとしか思えなかった。そして、この男の目に見えているものは、自分に見えているものとはまったく違うと感じられた。

もし、そうであるのなら、ＪＩＮ‐１の打ち上げ妨害の真相も、別のところにあるのかもしれない。

「わかりました。少し時間をいただけませんか？」

「いいえ、これ以上、お手間を取らすわけにはいきません——わたしにイシュタル・システムを使わせてください」

男が一歩、前に進み出てきた。

「どういうことでしょうか？」

「今回の調査をした際に、イシュタル・システムの保守用のＩＤが付与されたはずです。それを教えてくだされば、わたし自身の手でＪＡＸＡ内のコンピュータを精査し、真犯人を見つけ、佐藤分室長の冤罪《えんざい》を晴らすことができます」

「調査が終了した時点で失効の手続きがされましたから、あのＩＤはもう使えません。代わりに——」

天野は代案を提案しようとしたが、男が割り込んできた。

「では、保守用のＩＤと同様のものを使わせてください——イシュタル・システムを開発したのは、あなたですよね。事故調査チームの会議で聞いています。開発の際に使ったＩＤとパスワードがあると思うのです。それを教えてください」

「無理です、絶対に」男を拒絶するように天野は両手を突き出した。「そのようなＩＤがあるか、ないか、それはぼくの口からは言えません。たとえ存在したとしても、コンプライアンス上の問題があるので、教えることはできません。なにより、そのようなことをして、それが世間に知れてしまえば、うちの会社は信用を失ってしまいます」

「そうですか……」男の声が萎《しぼ》んだ。「それであれば——」

言葉を継ごうとした男を天野は手で制した。

「代わりと言ってはなんですが、ＪＡＸＡの担当者に連絡して、ぼくが再調査を申し出る。それではいけませんか？」

「あなたから本来の仕事の時間を奪うわけにはいきません」

「仕事と無関係ではありません。うちの会社が開発に協力した人工衛星がＪＩＮ－１で打ち上げられることになっています。もし、佐藤さんが犯人ではなく、ほかに真犯人がいるのなら、再度、打ち上げが妨害されるかもしれません。それは避けなければならない事態です。ＪＡＸＡも防衛省も、佐藤さんが犯人だと決めつけているのなら、ぼくが調べるしかないように思えるんです。ぼくなんかにどれだけやれるのか不安でしょうけど、それで了承してください」

「了承だなんて、とんでもありません。よろしくお願いします」

その場で天野が星原に電話を入れて約束を取り付けると、男は感謝の言葉をいくつも並べ、徹底的に調べて欲しいとの依頼を残して帰っていった。

男と入れ違いで、丸井社長がいい香りとともに部屋に入ってきた。手にしているトレーに載っているカップから湯気が立ちのぼっている。

「お客さん、帰ってしまったのですか。オニオン・グラタン・スープを作ったので、食べてもらおうかと思ったのですが——天野くん、どうしますか？　ここで食べますか？　それとも、みんなと一緒に食べますか？」

料理が趣味の丸井は、時間がある限り、こうして夜食を作って社員に振る舞ってくれる。天野たちにしてみれば、食事をとりに外へ出る時間の節約になるだけでなく、ほかの社員と雑談を交わすことができて、いい気分転換になっている。ときには、貴重な情報、仕事のヒントが雑談のなかから転げ落ちてくることもある。

「いえ、今日はこちらでいただきます——実は、新種のコンピュータ・ウイルスを検出できるAIを開発できないかとJAXAから打診されました。それがなかなかの難題なんです。それに、明日もJAXAに行くことになったので、その分、仕事を進めたいんです」

「くれぐれも無理はしないでくださいよ」丸井がいつもの柔らかな笑みを向けてきた。「生きていくために仕事をするのではなく、仕事をするために生きていくという、きみの考えを否定はしませんよ。でもね、いい仕事をするには生き続けなければならないと、わたしは思っています。健康でないとね。だから、もっとも重視すべきは、休息ではないでしょうか？　休むことも大切な仕事ですよ」

はい、とだけ答え、天野はうなずいた。

丸井の兄であり、マルイ・ソフトの設立者のひとり、丸井浩は、天野が入社する以前に他界していた。過労死だったと聞いている。

兄の不幸を繰り返したくないとの願いが丸井にはあるのだ。

「それと、これは明日、移動のときにでも目を通してください」

丸井が書類を差しだしてきた。

その表紙には、『ＬＧＰにおけるＡＩ導入計画案』と『ＨＯＫＵＴＯ』の文字があった。

視線が吸い込まれる。気づいたときには、その書類を手にして天野はページをめくっていた。

そこに綴られている文字たちが天野を昂奮させた。

ＬＧＰ――ルナ・グランプリは、アメリカの大手ＩＴ企業が主催するレースである。その開催地は地球ではない。月面だ。

ロケットで月面まで探査車を運び、その探査車による五〇〇メートル以上の走行にもっとも早く成功したものが優勝となり、二〇〇〇万ドルの賞金を得る。

ただし、参加できるのは民間企業だけである。ＮＡＳＡ《ナサ》やＪＡＸＡといった政府系の宇宙開発組織は参加できない。

このイベントが始まったのは、ちょうど天野がマルイ・ソフトに入社した頃だった。興味はあったものの、中堅のソフトウェア開発会社であるマルイ・ソフトではなにもできないと、天野は、はなから諦めていた。月までのロケットも民間の手によるものという条件があるのだから、当然のことだと自分に言い聞かせた。

しかし、丸井社長は違った。

どこで耳にしたのかは知らないが、ＬＧＰへの参加の検討を社内で表明すると、渡米し、アメリカの民間ロケット打ち上げ企業、スペース・ジェネシス社との交渉を始めた。スペース・ジェネシス社はすでにＬＧＰへの参加を決定していた。そのロケットへの相乗りを提案したのだ。

スペース・ジェネシス社は、この話にのってきた。

月までロケットを飛ばすとなれば賞金の二〇〇〇万ドルでは足が出てしまうが、優勝による宣伝効果で不足分を補えると、当初、スペース・ジェネシス社は考えていた。ほかの参加社の探査車を有償で運べば、さらに赤字の圧縮は容易だと判断したのだ。

ただし、スペース・ジェネシス社から提示された条件はマルイ・ソフトには厳しいものだった。

ロケットへの積載の優先権はスペース・ジェネシス社にあり、相乗りする参加社に与えられるスペースは限られている。そのため、スペース・ジェネシス社の探査車よりも劣るモーター、バッテリーしか使えない。

ロケットに相乗りするのだから、同時に月面に到着してスタートすることになる。そこから、走行性能の劣るマルイ・ソフトの探査車がスペース・ジェネシス社の探査車よりも先に五〇〇メートルを走り切れるはずがなく、優勝の目はない。

そこで丸井が目をつけたのがＡＩだった。

ＬＧＰには、様々なボーナス・ステージが用意されている。たとえば、アポロ計画で月面に残された機器の撮影に成功した者には四〇〇万ドルが与えられる。

天野が熱く語っていたＡＩを探査車に搭載すれば、自律走行で岩やくぼみといった障害物を巧みにかわし、崖や巨大な山を迂回《うかい》しつつ目標地点に到達し、ボーナス・ステージの賞金を獲得できると丸井は考えたのだ。

そのためのＡＩの開発を天野に指示すると、丸井はスペース・ジェネシス社に支払う資金を集めるために奔走した。

しかし、マルイ・ソフトのＬＧＰはすぐに終了した。

天野の就職面接のときと同様に、投資家たちのＡＩへの認識は浅く、だれも資金の提供を申し出てこなかった。そのため、丸井は方針を転換し、スペース・ジェネシス社の探査車にＡＩを搭載するように働きかけたのだが、そちらでも、認知されていないＡＩは拒絶されてしまったのだ。

そのＬＧＰへの道が再び拓《ひら》かれたと、天野が手にしている書類が宣言している。

溢《あふ》れでる感情に言葉が追随《ついずい》できなかった。

「社長……社長……」

天野は、ただただ繰り返した。

ここ数年でＡＩの認知度は飛躍的に向上した。将棋、囲碁でプロの棋士にＡＩが勝利し、ＡＩを搭載した自動車の自動運転の実証実験も始まっている。

この状況の変化がＬＧＰの参加社の意識に変革をもたらしているかもしれないと考え、天野は彼らに企画書を送っていた。

すでにＬＧＰは佳境に入っていて、各社でのロケット、探査車の開発は最終段階を迎え、あと一、二年で最初の探査車が月面に到達すると言われている。

そのため、天野が送った企画書に参加社が注目したとしても、探査車の仕様を今から変更してＡＩを搭載するとは思えなかった。それは承知の上だった。ＬＧＰの後、彼らがさらに宇宙開発に関わることになったとき、検討の対象になればと考えてのことだった。

ＨＯＫＵＴＯは、唯一、日本国内からＬＧＰに参加している民間月面探査車開発チームである。当然、天野の企画書はＨＯＫＵＴＯへも送られていた。そのＨＯＫＵＴＯが企画書に興味を示し、探査車にマルイ・ソフトのＡＩを搭載したいと打診してきたのだ。

「ＨＯＫＵＴＯさんは、スペース・ジェネシス社のロケットを間借りする予定です。そのスペース・ジェネシス社の技術担当役員、キャサリン・ハリスが来日しているそうです。ＨＯＫＵＴＯさんとしては、どうにか彼女にアポイントメントを取って、探査車の仕様変更を申し出るつもりだそうです。その前にうちの感触を得たかったとのことでした。うちとしては、是非とも、と応えておきましたが、それでいいですよね――きみの夢が秒速一一・二キロへと加速するときが近づきましたね」

丸井の目尻が下がった。

第二宇宙速度――その星の重力を振り切り、ほかの惑星に向かうために必要な地表での初速。空気抵抗を無視すれば、地球では、秒速一一・二キロメートルである。

ＡＩによる宇宙探査という天野の夢が現実になる日も近いと丸井は言いたいのだ。

ＡＩを搭載したロケットが青い地球に背を向けて星々の海へと突き進んでいく姿が天野の脳裏に描かれた。

関東理科大学の人工衛星では、宇宙開発に関わることができた。しかし、ＡＩは地上で稼働していて、宇宙へ行くことはない。

天野としては、ＡＩが搭載された人工衛星が地上五〇〇キロの衛星軌道を周回することを次のステップとして考えていた。

それを飛び越え、三八万五〇〇〇キロも彼方の月でＡＩが稼働することになるかもしれない。

一〇年前、天野が就職活動をしていたときには、ＪＡＸＡや宇宙開発関連企業からＡＩはそっぽを向かれた。それだけに、ＡＩが宇宙に出られるのは、自分の時代ではなく、自分の仕事を引き継いだ世代の時代なのかもしれないと、ときおり、天野は諦めそうになっていた。

諦めなくてよかった。

夢は、すぐそこにまで近づいていたのだ。

「スープが冷めてしまいますよ」

丸井に促され、天野はオニオン・グラタン・スープを口に運んだ。

心と体に温もりが広がっていくように思えた。

天野の手はカップが空になるまで止まることはなかった。

第三章

ＪＡＸＡの事故調査チームのリーダー、星原に連絡し、ハッキングに使われたコンピュータを精査してイシュタル・システムの改良に役立てたいと申し出たところ、承諾を得られた。そして、ＪＩＮ－１の打ち上げリハーサルの打ち合わせと事故調査チームの会議に出席するために、泊まりがけで東京方面に行く予定の星原と、筑波で合流することになった。

待ち合わせの午後三時につくば駅前で声をかけてきた女性は、記憶の中の星原とはまったく違っていて、天野を戸惑わせた。

濃紺のレディース・スーツにハイヒール、薄めではあるが化粧もしている。ビジネス街を歩いていれば、だれも、ＪＡＸＡの技術者ではなく、大手企業のキャリアウーマンだと思い込むだろう。

天野の記憶との共通点は、左手に巻かれた包帯だけだった。

「徹夜明けなのかもしれませんが、着替えくらいしたらどうなのですか。なんだか臭《にお》ってきそう」

星原は天野の反応を気にすることなく、キャリーバッグを引きずってタクシー乗り場へと向かっていった。その後ろ姿はぎこちなく、ハイヒールに慣れていないことが天野の目にさえわかる。

「着替えています」星原の背中を追う天野の語気が、つい、微妙に強くなった。「着心地がいい上、ポケットが大きく、こうすれば少々の雨はしのげるので、同じものをいくつか持っているだけです」

天野はパーカーのフードをかぶった。

「こんなに天気がいいんです。雨なんて降りません」

口では悪態をついているものの、ビジネス・マナー通り、天野にタクシーの奥のシートを勧めると、星原は丁寧な言葉遣いで運転手に行き先を告げた。

「荷物があるようですから、先にホテルに寄ってもらっていいですよ」

「お構いなく。泊まるのは都内のホテルですから」

「そうですか……」

ふたりの間に沈黙が割り込んできた。

気まずい空気を追い払おうと、天野は話題を探した。

「ところで、星原さんも子供の頃から宇宙が好きだったんですか？」

「どうして、急にそんなことを？」

訝《いぶか》しげな視線を星原が向けてきた。

「調査のことを話したいのは山々ですけど、タクシーのなかだと……」

天野は声を潜《ひそ》めた。

「そういうことであれば――父の影響でしょうね。天体観測によく連れていってもらったし、いろんな宇宙の話を聞かせてくれました。モデルロケットの作り方を教えてくれたのも父でした」

星原が窓の外へと視線を向けた。

「うらやましいな。モデルロケットはぼくもやりましたが、独学でした。なかなか高く上がらなくて苦労しました」

通常、大きいものでも一メートルを超える程度の機体を火薬で打ち上げるモデルロケットは、はたからはおもちゃにしか見えない。しかし、宇宙工学の基礎を学ぶには最適な教材とされている。

「父と何度か大会に出たことがありますけど、もしかしたら、そのとき、あなたと顔をあわせていたかもしれないですね」

「一緒に大会に出るって、本当にいいお父さんじゃないですか。星原さんがＪＡＸＡに入ったときには、すごく喜んだでしょうね」

「どうなのかしら。そのときには、すでに父は鬼籍《きせき》に入っていましたから、わかりません」

「すみません。変なことを聞いてしまいました」

天野は手で口を塞いだ。

「あなたは知らなかったのですから、気にしないでください」

触れられたくなかったのか、その後、星原は話題を変えて、六本木や銀座の流行の店についてしきりに訊いてきた。そういう話題に疎《うと》い天野は生返事を繰り返すことしかできず、再び会話は途切れた。


「資料室のコンピュータを調べる前に、こちらで犯人のコンピュータを調べてください」

星原に案内されたのは、情報処理棟の三階、「防衛省　情報本部　画像・地理部　筑波分室」と掲げられた部屋の前だった。

「昨日のメールには、ＪＡＸＡに出向している自衛官がハッカーだったとありましたが、そのひとの部屋ですか？」

「ええ。この部屋で防衛省の情報収集衛星からのデータを解析している佐藤二佐が犯人でした」

「それにしても、自衛隊のひとが、どうして、打ち上げの妨害なんかを……」

「わかりません。現在、防衛省で佐藤二佐への取り調べをしていますから、それで明確になるかもしれません。ただし、早急に取り調べを終えて欲しいというのがわたしたちの本音です。ウイルスの侵入経路がわかったので、ＪＡＸＡとしては、すぐにでも経緯を公表して、警察に本格的な捜査をしてもらいたいところですが、取り調べが終わるまでは待って欲しいと防衛省から言われているのです」

　後日に入るであろう警察の捜査に影響しないようにと、星原が白い手袋を差しだしてきた。

「そんなときにぼくが再調査を申し出たのは、まずかったのでしょうか？」

　手袋を受け取った天野は髪が伸び放題になっている頭を掻いた。

「いえ、逆に歓迎です。天野さんの活躍があったからこそ調査が大きく進展したと、事故調査チームでは評価しています。天野さんなら事件の背景に迫れるかもしれないと、わたしたちは期待を寄せています」

「では、早速……」

　と部屋に入ろうとしたが、扉に拒絶された。

「少し待ってください。ここはＪＡＸＡの敷地内ではあるものの、扉の向こうは防衛省の管轄《かんかつ》。だれでも入れるわけではありません。扉を開ける権限を持っているシステム部の次長に開けてもらうよう、お願いしています。そろそろ来るはずです」

「そうですか」

と天野は扉の傍らに設置されているセキュリティ・システムらしきセンサーを見やった。

「ところで、ウイルス対策のほうは、どうなっていますか?」

「そちらのほうは……。さっきも電車のなかで資料やウイルスの中身を見ていたんですが、正直、簡単ではなさそうです」

天野はタブレット型のパソコンを鞄から出して、おおまかな説明をした。

「でも、きっと小さなきっかけを見つけるだけで、状況が一変するはずです。発明や発見って、そういうものだとぼくは思います」

そうですか、と星原が顎に手を添えたとき、髪の長い女性が近づいてきた。

「お待たせしました」

ノン・フレームの眼鏡にビジネス・スーツ姿の女性が、システム部次長であり、事故調査チームのサブ・リーダーをしている水川玲子《みずかわれいこ》だと自己紹介した。天野が犯人の特定につながる発見をしたことを知っているようで、その労をねぎらうと、扉の横のセンサーを指先でタッチした。

ＪＡＸＡの施設内のいくつかの扉には、ここと同様に指紋認証を用いたセキュリティが導入されているとのことだった。

事故調査チームの会議に出席する星原と水川にあとを任され、天野はひとり、部屋に足を踏み入れた。

星原から渡されていた手袋をはめる。

それだけで、これから特別なことをするように思えて、気が引き締まった。

視線を注意深く巡らせる。

書類棚に囲まれたさほど広くはない部屋には、小さな応接セットと、向き合ったふたつのデスクがあった。どちらのデスクも整理されていて、片方にはパソコンの液晶モニタ、キーボード、マウスがミリ単位で定位置が決まっているかのように整然と置かれている。もう一方には、写真立てだけがあり、広い額の男が家族らしき男女に囲まれて写っている。四〇代半ばに見えるその男が向けてくる笑顔は、倉永が言っていた昼行灯という言葉を思い出させた。多分、この男が疑われている佐藤であろう。

その机の後ろには、佐藤が使っていると思われるパソコン専用のデスクがある。

天野がそこに座ると、手が触れたのか、デスクからマウスが落ちた。

さいさきが悪いな。

いや、気持ちを落ち着かせるには丁度いい。

自分に言い聞かせてマウスを拾い、長い息を吸い込む。

天野はパソコンの電源を入れた。

さて、なにが出てくるのか。

淡い光を放ち始めた液晶画面を天野は見据えた。

★

自動販売機の前で天野は耳たぶをさすった。

なにを買おうかと悩んでいるわけではなかった。

会社と自宅ではいつも、ドリップしたコーヒーを飲んでいる。それだけに、缶コーヒーでは満足できないものの、カフェインで脳に刺激を与えなければならないと感じているのは事実だった。コインを入れてコーヒーのボタンを押す以外の選択肢はなかった。

問題は調査の状況だった。

天野は手始めに持参した外付けＳＳＤ——半導体を用いた大容量データ保存用メモリを接続し、専用のツールで佐藤のパソコンのデータをそのままコピーした。

コンピュータのなかには、データ本体と、そのデータがどこに保存されているかが記録されている。そして、データを削除するときは、どこに保存されているのか、という記録のみが抹消され、データ本体が保存されていた場所に新たなデータを上書きできるようになる。

そのため、新たなデータの保存状況によっては、削除したデータの本体はそのまま残っていて、特殊なツールにより復元できる場合がある。

いくつかのデータが復元できれば、そのなかから佐藤が犯人である証拠が見つかるかもしれない。あるいは、無実を証明できるなにかがそこにあるかもしれない。天野は佐藤のパソコンのデータをそっくり持ち帰り、あとで精査するつもりでいた。

ここまでする必要があるのかという疑問はあるが、削除されたデータの復元の試行も、倉永の依頼に含まれていたのだ。

コピーの作業が進行している間、天野はスマートフォンのカメラで室内を撮影した。さらには、佐藤のデスクを調べ、コピーの作業が終了すると、コンピュータのデータを見てまわった。

そして、インターネットの閲覧履歴を精査した。

スパイの捜査の任にあるとはいえ、新種のコンピュータ・ウイルスを作る技能を佐藤が以前から持っていたとは思えない。まずはハッキングやウイルスの基本的な知識の収集から始めたはずで、その程度の痕跡は残っているだろうと、天野は考えていた。

しかし、そういったものは、まったく見つからなかった。

自宅で密かに準備を進めて、証拠を残さないようにしたのかもしれない。

だが、そこまで慎重であるのなら、ハッキングを行った資料室のコンピュータに指紋を残してしまうという迂闊《うかつ》なことをするだろうか。

この疑問が、天野の腹の底を泥のように覆っていた。

佐藤が真犯人であれば、次の打ち上げが妨害されることはなく、関東理科大学の人工衛星は無事に宇宙へ到達できるだろう。

しかし、決定的な証拠が見つからないままでは、腹の底の疑問をずっと抱え込んでしまうように思えていた。

天野は、ため息とともにコインを自動販売機に投入した。

間違えて、コーヒーではなく炭酸飲料のボタンを押してしまい、ため息が重なる。

明るいオレンジ色のペットボトルを仕方なく手にして部屋に戻ったとき、さらに大きなため息が天野からこぼれ落ちた。

部屋の扉が開かなかったのだ。

登録されている指紋にだけこの扉が服従することをすっかり忘れていた。事件の真相が見えないことに苛ついていたのが元凶であるのは明らかだった。

流れが悪い。

どこかでこの流れを断ち切るべきなのだろうが、今は閉じたままの扉を開くことを優先するしかない。

星原に助けを求めようにも、彼女が出席している会議がＪＡＸＡの広い敷地内のどこで開かれているかを知らなかったし、彼女の携帯電話の番号は覚えているものの、ポケットに入っているスマートフォンでは通話はできず、周囲に電話は見当たらなかった。

もうひとりの頼みの綱、システム部次長の水川も同じ会議に出席すると言っていたため、連絡は取れそうにない。しかし、彼女の職場であるシステム部には辿《たど》り着けそうな気がした。

とりあえず、そこを探そうとＪＡＸＡ内を彷徨《さまよ》っていると、天野さん、と背後から声をかけられた。

振り向くと、水川がノン・フレームの眼鏡に手を添えていた。

「よかった。これでひと安心です」

長い息がこぼれた。天野は部屋から閉め出されたことを説明した。

「防衛省の部屋へ向かう途中に資料室がありますから、先にそちらへ案内しようと思うのですが、いかがでしょうか？」

と早口と早足で水川は天野の前を歩いていく。

「それは構いませんが、星原さんは？」

「星原さんは事故調査チームの会議が長引いたので、そのまま打ち上げのリハーサルの打ち合わせに向かいました。それで、資料室に天野さんを案内するようにわたしが依頼されたものですから、探していたのです」

「お手数をおかけします――先に資料室に寄ってもいいのですが、ご迷惑をおかけしないように、ぼくの指紋でも――」

天野は先を行く水川の前に指先を差しだした。

「それはできません。防衛省との約束で、あの部屋の扉を開けられるのは、わたしと、上司の小《こ》林《ばやし》システム部長、セキュリティ統括室の鳴海《なるみ》室長、筑波では、この三人に制限されています。あとは、総務部の責任者ということで調布の山中部長だけです。ですから、こういうときは遠慮なくわたしを呼んでください。JIN－1にはJAXA全員の夢が詰まっているといっても過言ではありません。そのための調査をしている天野さんは遠慮なんてしないでください――大きな声では言えませんが、このような事態ですから、トイレに行く程度であれば、ドアにストッパーをかけて閉め出されないようにしてもらってもいいと思います」

水川が発する速射砲のような早口が天野には心地よかった。

一を聞いただけで、的確にこちらの十を理解してくれている。話していて、この上なく楽な相手だった。

「天野さんと星原さんは、いいコンビですよね」

「ぼくと星原さんが？」

思いもしていなかった方向へ話題が逸れたせいで、天野の声がひっくり返った。

「ええ。わたしには、ふたりが似ているように思えます。彼女も、以前に天野さんと同じように、扉が開かなくて、わたしを探していたことがありました」

「星原さん、手首に包帯をしていましたよね。倉庫で転んだそうです。きっと、おっちょこちょいなところがあるんでしょう。でも、ぼくは違います。ぼくが閉め出されたのは、考えごとをしていたからです」

「似ているのは、そこだけではありません——彼女、ああ見えて、早くに父親を亡くした苦労人なのです。ロケット開発に従事したい、その思いで、奨学金で大学を出て、JAXAに入ったそうです」

「もしかして、これのせいですか?」天野は眼鏡の蝶番に指先を添えた。「新しいものを買いに行く時間がないので、テープで補修しているだけです。年相応以上の報酬を会社からはもらっています」

「それは失礼しました。でも、これだけはお願いします。天野さん、星原さんの手綱《たづな》をしっかり握っておいてください」

水川が立ち止まり、小さく頭を下げた。

「藪《やぶ》から棒に、どうしたんですか? どういうことでしょうか?」

「状況からして、犯人は佐藤さんのように思えます。しかし、防衛省の聞き取りでは、佐藤さんは否定しているそうです。事故調査チームの一部からは、慎重になってもう少し調べるべきだとの意見も出ていて、天野さんの再調査を歓迎しています。そのようななか、焦ってしまって彼女が暴走してしまうのではないかとわたしは心配しています」

「JIN-1の打ち上げを成功させたいという思いが強すぎるということですか?」

「そうではありません。ＪＩＮ－１の完成までの一五年、多くのひとが苦労しました。なかには、夢半ばでＪＡＸＡから去ったひともいます。それだけに、ＪＡＸＡの職員であれば、だれでもＪＩＮ－１を無事に宇宙に送りたいと願っています。でも、星原さんは、ちょっと違うように思えるのです。夢を実現させるために実績を求めているようにわたしには見えます」

「どんな夢のために？」

天野は耳たぶをさすった。

「彼女、筑波に来るたびに、ロケット開発関係の部署をまわっているようです」

「そういえば、星原さん、子供の頃はモデルロケットの大会に出ていたそうです。自分で作ったロケットを打ち上げるのが夢なのかもしれませんね。けれど、今はほかのひとが作ったロケットを打ち上げる立場なので、そこに不満を感じているということですか？　事故調査チームで実績を上げれば、希望するセクションに移れるかもしれないと、躍起になっていると？」

宇宙開発に関われる、それだけで自分は満足できそうなだけに、天野には贅沢《ぜいたく》な望みに思えた。

「あくまでも個人的な感想ですが、わたしは、そのように感じて危惧《きぐ》しています——今のシステム部に異動になる前、わたしもロケットのエンジンの開発に携わっていました。そのロケットの打ち上げが成功したときには、全身が震えました」

「それだけ苦労したということですね」

「あのときは、苦労と感動が比例するのだと思いました。しかし、違っていました。今では、自分は開発に関わっていないのに、打ち上げが成功するたびに震えます。ＪＡＸＡのコンピュータ・システムを構築して管理しているわたしは、すべてのロケットの開発を間接的にサポートしています。その小さな繋がりが誇りであり、自分のなかの夢に直結しているのだとの実感があるからでしょう。自分が開発していなくても、管制室から打ち上げを見守れば、絶対に彼女の全身も震えるはずです。そして、ＪＡＸＡの一員であることを誇れるようになると思います。早く、彼女にも打ち上げを経験してもらいたいと願っています——仕事に夢があるのではなく、夢は自分のなかにあると思うのです」

「そういうものですか……」

自分が開発したＡＩが宇宙に飛び立つとき、なにを感じるのだろうか。

天野は想像しようとしたが、電子音がそれを遮《さえぎ》った。

水川が腕時計を見やった。洗練されたデザインの文字盤には針はなく、代わりに文字が映し出されていた。

「スマートウォッチですね」

「これは便利ですよ。メールの受信を報《しら》せるように設定しているので、スマートフォンをわざわざ取り出さなくても、発信人とメールのタイトルがわかって便利です。気に入るものが見つかるまで、十数個は買ってしまいましたが——天野さんは使っていないのですか？」

「いえ、ぼくは——メールのほうはいいんですか？」

と天野は水川のスマートウォッチを指さした。

「大丈夫です。急ぎではないと、メールのタイトルでわかりましたから」

「ところで、調査のことですが、資料室の防犯カメラの映像は見られませんか？」

「見ていただこうにも、そのような映像はありません。防犯カメラはセキュリティ統括室で管理していて、展示スペースといった一般の方が出入りするところにしか設置されていません。資料室には防犯カメラは設置されていないのです」

「そうですか。あと、調査には関係ないことですが、マウスの――」

「あ、マウスの調子が悪いのですね」

「ええ、そうです。佐藤さんのコンピュータのマウスが」

佐藤のパソコン用デスクは狭く、コンピュータを操作するマウスが端に追いやられ、手が触れるとすぐに落ちてしまい、天野の作業の邪魔をした。それだけでなく、ボタンを押しても反応しないことが何度もあったのだ。

「三年前だったかしら。一括導入したパソコンのいくつかで、付属していたマウスの調子が悪いとクレームが出て、メーカーに対応してもらって交換したのですが――あれ？　佐藤さんが出向してきたのは、半年ほど前ですよ。そのときに新しいパソコンを入れたので、問題が出ることはないはずなのですが……」

水川がノン・フレームの眼鏡の奥で怪訝な目をした。

天野としては、同様の表情を返すほかなかった。


薄暗い廊下の突き当たりで水川が足を止めた。

「こちらが資料室になります」

とポケットから鍵《かぎ》を出して、磨《す》りガラスの扉を開けた。

「ここはずっと施錠されているんですか？」

「昨日、天野さんの調査で、ここからウイルスが送られたとわかってからです。警察の捜査が入るまでは立ち入りを制限するつもりです。鍵はセキュリティ統括室で管理してもらっています――どうぞ」

と、促されて入った資料室には、書架がずらりと並んでいた。薄暗かった廊下よりもさらに光が少なく、こっそりと悪事を働くには絶好の場所に思えた。

照明をつけようとしたのか、水川の手が扉の横のスイッチに伸びた。

「ちょっと待ってください」

天野は廊下に出て扉を閉めてから、水川に声をかけて照明をつけるよう頼んだ。そして、資料室に戻ると、照明を消した。

「どうしたのですか？」

薄暗いなか、水川が長い黒髪を掻き上げ、眉根を寄せた。

「この資料室はほとんど使われていないと、星原さんからの報告のメールには書かれていました」

「ここの資料はすべて電子化されたので、職員はここに足を運ぶことなく、コンピュータから資料を閲覧できるようになりましたから」

「今、確認してみたんですけど、ここは磨りガラスの扉になっているので、照明をつけると、薄暗い廊下からは、すごく目立ちます」

「使われていない資料室から灯《あか》りが漏れていれば、だれかが気にかけて入ってくるかもしれない。

それを避けるために犯人は照明をつけずに暗いなかで作業をしたのではないか、と推測しているのですね。わかりました。とりあえず、このままにしておきましょう」

と、水川は天野を資料室の奥へと案内した。

「これを使ったようです」

書架に囲まれた机に三台のパソコンが並んでいて、水川の指先が左端のパソコンに向いた。

「触ってもいいですか？」

後日の警察の捜査に配慮して、ここでも天野は手袋をはめた。

「指紋を採取し終わっていますから、ご自由に」

水川が電源を入れた。

薄暗いなかではあるが、作業に支障はなさそうだった。パソコンが置かれているのが資料室の奥のため、モニタ画面の光が廊下に漏れることもないだろう。

「わかりました。一度、佐藤さんたちの部屋に戻ってもいいですか？」

「このコンピュータを調べないのですか？」

水川にきょとんとした顔をされた天野は、コンピュータ内の削除されたデータの復元について説明し、その道具を取りに行きたいと付け足した。

「その程度のことなら、わたしのほうでやっておきます」

水川はその場で部下に連絡し、すぐに必要な道具を持ってくるように指示した。

水川が問題のパソコンからデータのコピーをしている間、天野はスマートフォンで周囲を撮影した。

「ところで、先ほどの水川さんの部下のひとも、水川さんも、なぜ制服を着ないんですか？」

「ＪＡＸＡには制服なんてありませんよ」

「でも、ここでも、調布でも、上着を着ているひとをよく見かけます」

「あれはプロジェクトごとに作っているものです。ですから、色やデザインも微妙に違っていたりします。今は関わっているプロジェクトがないので、わたしはビジネス・スーツを着ています」

「そういうことですか」

うなずいていると、コピーの作業が終了した。水川から席を譲られた天野はパソコンを操作した。佐藤たちの分室を調べたときとは違って、こちらのパソコンのマウスには不具合はなく、天野の意思通りに動いてくれた。

しかし、どのような操作をしても、種子島の管制室のコンピュータをのぞき見ることはできなかった。

「ＪＡＸＡでは、管制室のコンピュータに犯人がどのようにして侵入したかを把握しているんですか？」

「確定はできていません」水川が小さく首を振った。「アクセス・ログに異常があるとあなたが指摘したのは、星原さんと彼女の上司である発射指揮者の月島《つきしま》さん、ふたりのパソコンでした。社内メールでハッキング用のウイルスが送られたのではないか、と推測しています」

状況は理解しました、と天野は小さくうなずいた。

ウイルスを潜ませた社内メールを星原か、星原の上司のコンピュータに送信すれば、簡単にウイルスに感染させられる。そこから、そのコンピュータが頻繁に接続しているであろう管制システムへと感染を広げることは可能であろう。

しかし、この手法では、社内メールを精査するだけで犯人は突き止められてしまう。

それを避けるために、犯人は、まず、ハッキング用のウイルスを社内メールに潜ませて星原と月島のコンピュータに送った。そして、ウイルスにより開いたセキュリティの穴から侵入してコンピュータを乗っ取り、そこを経由して管制システムに入り込んで妨害用のウイルスを仕掛けた。その後、社内メールに潜ませていたハッキング用のウイルスとアクセス記録を削除して、ハッキングの痕跡を消したと推測できる。

ただし、小さな疑問は残る。

なぜ、星原と月島、ふたりのコンピュータを犯人は乗っ取ったのか。

一回目では管制システムへ上手く侵入できなかったため、日を改めて、もう一度、ハッキングを企《くわだ》てたのだろうか。

「星原さんと月島さんが受け取った社内メールは精査したんですか？」

「リストにして事故調査チームに提出してもらっています」

「そのなかに佐藤さんの名前は？」

天野の質問に、水川は、もちろん、とうなずいた。

「佐藤さんは、防衛省の情報収集衛星のデータの解析をしているんですよね。そんなひとが、打ち上げの管制室にメールをしたんですか？　おかしいと思いませんか？」

「おかしなことはありません。今回の打ち上げで、ＪＩＮ－１には、いくつかの人工衛星が搭載されています。そのうちのひとつが、防衛省の新しい情報収集衛星なのです。ですから、打ち上げの詳細など、いろいろと問い合わせをしていたようです」

「なるほど……」天野は顎をさすった。「まだ事件の背景はまったくわかりませんが、状況は、佐藤さんが犯人だと断言しているように思えます。でも、佐藤さんは、違うと言っているんですよね。もし、佐藤さんが犯人でないのなら、またウイルスを仕込まれてしまうかもしれません」

「ですから、先ほどの事故調査チームの会議で再発防止の案が提示され、今、打ち上げリハーサルの打ち合わせで、それを検討してもらっています。それを実行することになれば、管制室のコンピュータがハッキングされることはありません」

水川は言葉を継いだ。

これまでのロケット打ち上げの管制システムでは、百人近くが管制室で待機し、各種計器をチェックしていたが、JIN－1の打ち上げで導入されているオート管制システムでは、これらを調布航空宇宙センターにあるスーパーコンピュータが代行する。

各地の観測データ、ロケット本体のセンサーから送られてくるデータをスーパーコンピュータが瞬時に解析し、的確な指示を管制室に送信するのだ。

そのため、ロケット本体、各観測地、種子島宇宙センター、そして、調布航空宇宙センターにあるスーパーコンピュータを衛星通信回線で繋ぐことになる。

ただし、翌々日の打ち上げリハーサルでは、打ち上げ自体がなく観測データを得られないため、その数値はスーパーコンピュータでシミュレーションして算出することになり、各地を衛星通信回線で繋ぐ必要がないので、種子島とスーパーコンピュータは通常の専用回線で繋がれる。

これを踏まえ、管制室にあるすべてのコンピュータは、スーパーコンピュータ以外からは接続できないように設定し、管制室の職員がほかの部署と通信するためのコンピュータを新たに準備するつもりだと水川が説明した。

なお、スーパーコンピュータは、ＪＡＸＡのなかでもっともセキュリティ・レベルが高く、接続するには、管理している情報化推進部に申請して、一度しか使えないＩＤとパスワードの発給を受ける必要があるとのことだった。

「それなら安心ですね。ところで、このマウスに指紋が残っていたんですよね。警察でもないのに、指紋の採取や照合なんてことができるんですか？」

天野はコンピュータを操作していたマウスを掲げた。

「防衛省の筑波分室の扉と同じ指紋認証のセキュリティがＪＡＸＡ内にはいくつかあります。それらを導入する際、職員の指紋採取を外部に委託することなくＪＡＸＡ内でできるように研究した結果です。防衛省の分室に入るには指紋認証が必要ですから、佐藤さんの指紋も登録されていました——パソコン本体の電源スイッチも、キーボードも、指紋を拭き取った跡があったのですが、マウスの裏側だけは、犯人が拭き忘れていました」

「裏側？」

天野はマウスを手にして、じっと見つめた。

そして、マウスを戻し、パソコンを操作する仕草を繰り返した。

机が大きく、さらにはパソコンはその机の左端にあるので、キーボードの右側にあるマウスが机から落ちることはなかった。

天野の指先が止まった。

そういうことなのかもしれない……。

天野の頭の奥で仮説が積み上げられていった。

★

「やっと打ち合わせが終わりました。お待たせしました」

ストッパーで少しだけ開いておいた扉の隙間から星原が顔をのぞかせたとき、天野は、佐藤たちの分室でマウスを前にして白い手袋をしたままで腕を組んでいた。

「資料室の鍵を渡しておきます。あとで返しておいてください」

天野は鍵を星原に差しだした。

「資料室の調査は終わったのですね。なにか、わかりました？」

「真相が見えてきたと言っていいのか、見えなくなってきたと言ったほうがいいのか……」

天野は小さく首を振った。

「どういうこと？　とりあえず、事故調査チームのメンバーを呼びましょう」

「いえ、それは待ってください」

天野の手が制する仕草をした。

「わたしが説明を聞いたあとで事故調査チームのメンバーを呼べば、二度手間になってしまいます」

「まず、ぼくの考えを聞いてください。そうすれば、なぜ事故調査チームに報告できないのか、理解できると思います」

天野は続けた。

ウイルスの送信に使用された資料室のパソコンと佐藤二佐のパソコン、二台を調べた天野は、疑問を持った。

パソコンの操作に使うマウスの裏に指紋が残っていた点である。

パソコンの電源スイッチやキーボードなどに付着した指紋を犯人が拭き取ったとき、そこだけ忘れたと考えることはできる。しかし、通常の使い方では指先がマウスの裏側に触れることはない。そこに指紋が付着していること自体が不自然なのだ。

「それと、気になったのは、佐藤さんのマウスの調子が悪いことです。佐藤さんの部屋を調べているとき、ボタンが反応しないことが何度もありました」

「指紋がマウスの裏に付着していたのは、たしかにおかしいと思います。でも、マウスの調子が悪いことは無関係では？」

「いえ、そちらのほうが重要なんです」

天野はスマートフォンを取り出して、資料室で撮影した写真を表示させようとした。星原がのぞき込んでくる。

水川がパソコンの前で作業している写真が映し出された。

「すみません。間違えました」すぐに画面を切り替える。「これは資料室のコンピュータのマウスです。ここにあるマウスと外観はまったく同じです」

天野はスマートフォンの画像を目の前のマウスと並べた。

「たしかに同じに見えますね」

「三年前に導入されたコンピュータの一部で、マウスの調子が悪いという不具合が出ていたと、水川さんから聞きました。それで、水川さんと別れてこちらに戻ったあとに、メーカーに問い合わせました。ほかからも多くクレームがあったため、パーツを変更したものをすぐに準備して希望するユーザーに送付するとともに、在庫のほうでも対応したそうです。それを聞いて、このマウスのなかをぼくは確認してみました」

天野はマウスを指さした。

「分解したのですか？　犯人が使っていたものですよ。警察があとで調べるかも――」

「そのことは留意しておきました」

白い手袋をした両手を掲げる。

「それなら問題ないと思いますけど……。それで、なにか証拠が見つかったのですか？」

「このマウスには、変更する前のパーツが入っていました」

「だから調子が悪かったのですね。でも、そのことが重要だとは思えないのですが」

星原が人差し指を頬にやり、小首を傾《かし》げた。

「このコンピュータは、半年前、佐藤さんが分室に転属となったときに設置された最新型です。周辺機器は基本的には同じものですが、マウスには変更になったパーツが入っていないとおかしいんです」

「資料室のマウスと入れ替わっていたということ？」

星原の声が跳ねた。

「そうとしか考えられません。水川さんに問い合わせたんですが、JAXA内でも、すべての該当品で不具合が出たということではなかったので、交換を希望するひとにだけ対応したそうです。資料室の三台のコンピュータはそのままだったのでしょう。確認したら、問題のコンピュータのマウスには対策後のパーツが入っていましたが、ほかの二台では、対策前のパーツが使われていました」

「佐藤さんが犯人だとして……」星原が腕を組んだ。「資料室でハッキングをしていて、マウスの調子が悪かったら、ほかのコンピュータを使うか、ほかのコンピュータのマウスと交換するはずですよね」

「実際、ほかのコンピュータのマウスは問題なく使えました」

「わざわざ、この部屋のマウスと交換するとは思えません」

「ですから、犯人は別にいて、資料室のコンピュータをハッキングに使ったことが露見したときを見越して、ここのマウスと入れ替えていたんだと、ぼくは考えます——見てください」

天野はパソコンを操作する仕草をした。右手が当たったマウスが床に転げ落ちた。

「このパソコンデスク、ちょっと小さくないですか？」

「ええ。普段から佐藤さんはマウスを落としていたに違いありません。通常の使い方では指先がマウスの裏側に触れることはありませんが、佐藤さんの場合、マウスを落として拾う度に、裏側に触れ、そこに指紋を付着させてしまっていたんです。そのことを知っていた犯人は、資料室のコンピュータ本体やキーボード、それにその周辺の指紋は拭き取っておきながら、この部屋のマウスと入れ替えた上で、あえて裏側だけは拭き忘れたように見せかけ、佐藤さんが疑われるように仕向けたのではないでしょうか？」

「佐藤さんに疑いを向けるのなら、佐藤さんのパソコンを使ってウイルスを送信すればよかったのでは？」

星原が反論を投げかけた。

「そうするには、佐藤さんたちが不在のときを狙って部屋に忍び込み、パソコンを起動してウイルスを送信し、さらにはハッキングの痕跡を消さなければなりません。マウスを入れ替えるよりも、はるかに長い時間、居座ることになります。その間に佐藤さんたちが部屋に戻ってきてしまうリスクを考えれば、マウスの入れ替えのほうが安全だと判断したのでしょう」

「佐藤さんは犯人ではないと言いたいのですか？」

「そうです。犯人はほかのひとです。間違いありません」

天野はゆっくりとうなずいた。

「決めつけるのはどうかしら。資料室からウイルスを送ったことを突き止められたときに備えて、犯人はマウスの入れ替えまでした。それなら、やはり佐藤さんが犯人で、マウスが入れ替わっていたことが判明すると想定した上で、自分が疑われにくくしようとしたのかもしれません」

「それも考えてみたのですが……」

事故調査チームのリーダーである星原に隠しごとをしていては、間違った方向へ調査が行ってしまうかもしれない。それを危惧した天野は、倉永が訪ねてきて佐藤の無実を訴えたことがきっかけで再調査を申し出たと、正直に話した。ただし、倉永と佐藤の素性については触れなかった。

「倉永さんに確認したところ、マウスに不具合があったことをどうにか覚えていました。しかし、ぼくからの話を聞くまでは忘れていたようで、半年前に転属になってきた佐藤さんにはマウスについて話したことはないと言っていました。ですから、佐藤さんは、マウスに不具合があったことも、マウスの部品が変更になっていることも知らないんです」

「もし、佐藤さんが犯人なら、自分への疑いを晴らす方法を知らないまま自分に疑いを向けたことに……、でも、そんなこと、あり得ない……。佐藤さんは無実……。じゃあ、真犯人はだれ……？」

すがるような目を星原が向けてきた。

「この部屋に自由に出入りできる人物ということしか、わかりません」

天野は小さく首を振った。

「なるほど」星原がうなずいた。「この部屋の扉を開けられる権限を持っていて疑わしいのは、セキュリティ統括室の鳴海室長、システム部の小林部長、次長の水川さん。それと、調布勤務とはいえ、会議や打ち合わせでこの筑波に来ることもあるであろう総務部の山中部長も外すべきではないように思えます——水川さんは事故調査チームのメンバー。もし、水川さんが真犯人なら、会議で天野さんの推理を報告すると、こちらの手の内が筒抜けになるところだったのですね」

「それは……」

「あとは警察に任せるしかないでしょう」

星原はうつむき、額に手を添えた。

「なぜ、躊躇するんですか？　ＪＡＸＡでは、ウイルスの感染ルートが解明されたら、打ち上げ中止の経緯を公表するつもりだったんですよね。それが、佐藤さんへの聞き取りが終わるまで待って欲しいと防衛省からの要望があったので、先延ばしされただけなんですから、警察に通報することに問題があるようには思えません」

「問題はあります——今、警察の捜査が入れば、打ち上げの準備に支障をきたすことになります。もしかしたら、打ち上げのスケジュールに影響を及ぼすかもしれません。対策は施したのですから、せめて明後日から始まるリハーサルが終わるまでは、警察への届け出は先延ばしにするべきだと、わたしは考えています」

「でも……」

警察が介入してくれれば、管制室には大がかりな捜査が入るだろう。その結果、ＪＩＮ－１の打ち上げが延期になるかもしれない。

打ち上げの延期はＪＩＮ－１のプロジェクトに影響を及ぼすだけに、星原としては予定通りに進めたいのだろう。

その思いは天野も同じだ。

ＪＡＸＡでの人工衛星打ち上げのスケジュールが変更となり、関東理科大学の学生たちと天野の夢が詰まった人工衛星ＸＡＩが宇宙へ行けなくなることは、絶対に回避したい。

かといって、このまま真犯人を放置していいとは思えない。対策を施したとはいえ、リハーサルや本番の打ち上げでの妨害がないとは、だれも断言できないはずだ。

「事故調査チームのリーダーであるあなたの考えに意見する立場にぼくはありません。ですが、犯人の特定には、もう少し協力させてください」

天野は深く頭を下げた。

「そんなことはしないでください。こちらからお願いしたいところです。それで、なにを調べるつもり？」

「社内メールで最初のウイルスが送られたのではないかと疑っているということでしたが、まずは、それの確認です。この部屋に出入りできる四人とも、そのリストのなかに入っていますか？」

ちょっと待って、と星原がキャリーバッグからリストを取り出した。びっしりと並んでいる名前の上を星原の細い指先がたどっていく。

「そんなにも、やり取りをしていたんですか？」

天野からため息が漏れた。

「それは仕方がないのです」

星原が弁明した。

ＪＩＮ－１の打ち上げには、オート管制システムが導入されている。スーパーコンピュータがひとに代わって種々の計測値の解析をするため、管制室には、わずか六人しかいない。

前日のテレビ会議で星原がいた部屋を天野は小さな会議室だと思っていたが、あそこが管制室だったのだ。

「この新しいシステムについて多くのひとに学んでもらいたいと考え、社内メールでやり取りしています――あ、四人とも名前があります。それに、佐藤さんと倉永さんの名前も」

「倉永さんは疑いの対象から外していいんじゃないでしょうか。倉永さんからの依頼がなければ、ぼくが再調査をすることはなく、佐藤さんが疑われ続けるところでした。倉永さんが犯人なら、放置しておけばよかったんですから」

「そこは決めつけないほうがいいと思います。あなたが再調査をしなくても、だれかがマウスのことに気づいたかもしれません。あなたに依頼することで、心証を良くしようとした可能性もあります」

考えすぎのように思えたが、天野は反論はしないでおいた。

「そうなると、疑うべきは五人ということでしょうか？」

「セキュリティ統括室の鳴海室長は外せます」

「なぜ、断言できるんですか？」

小首を傾げた天野に星原が説明した。

資料室のコンピュータがハッキングに使われていたことを、天野が突き止めたとき、星原は、だれに資料室を調べてもらうかで頭を悩ませた。

当初は部外者が犯人だと考えられていた。通常、部外者は資料室に入れないとはいえ、なんらかの説明会の際に職員の目を盗んで資料室に入り込み、ハッキングしたのかもしれない。しかし、よほど下見をしない限り、密かにハッキングをするのに資料室が適していると、部外者には判断できないはずだ。そのため、ＪＡＸＡ内のだれかが犯人である可能性は皆無であるとは星原は断言できなくなっていた。

もし、犯人に資料室の調査を依頼してしまえば、証拠が残っていても隠滅されるか、あるいは、他人に疑いを向けるために証拠を捏造《ねつぞう》されてしまうかもしれない。

そこで星原が着目したのが、天野が見つけたハッキングの痕跡だった。

管制室の二台のコンピュータにハッキングがあったのだが、星原のコンピュータでは打ち上げの四日前以前の通信記録が残っていなかった。この日に犯人は、星原のコンピュータへ侵入して、通信記録を削除したのだろう。通信記録のなかから、いつ、どこからハッキングを仕掛けたかが記述された部分だけを削除できればよかったのだろうが、犯人にはそこまでのスキルがなかったため、過去の記録をまとめて削除したに違いない。そのため、それ以降の記録しか残っていないと考えられる。また、星原の上司である月島のコンピュータでは、打ち上げの前日以前の通信記録が残っていなかった。

一方、資料室のコンピュータには、まったく通信記録が残っていなかった。頻繁にほかのコンピュータと通信をしている管制室のコンピュータとは違い、ほとんど使われず、通信の記録が削除されて以降、ほかのコンピュータと通信していなかったためなのだが、最後に使われたのは、月島のコンピュータに侵入したとき、すなわち、打ち上げの前日であろう。

いずれにせよ、犯人は、打ち上げの前日と四日前に資料室からハッキングをしたことになる。

星原は、筑波の主立った職員のスケジュールを確認した。そして、打ち上げの翌日までの一週間、アメリカでのカンファレンスに出席していたセキュリティ統括室の鳴海室長は犯人ではないと推測したのだ。

「アメリカからハッキングをした上で、資料室のコンピュータのアクセス・ログを消しておいて、ＪＡＸＡ内からハッキングしたと見せかけたのではないか、とも疑ってはみました。でも、あなたの調査では、外部からの怪しいアクセスは見つからなかったとありましたから、安心して、資料室の調査をお願いできました」

「それでも、四人も疑わしい人物がいることになります——ひとつ、お願いがあります。先ほど預けた資料室の鍵を、もう一度、貸してください」

「まだ調べることが？」

「ええ。資料室のコンピュータの解析を水川さんにお願いしました。でも、その水川さんは疑わしい四人のなかのひとりです。もし、あのひとが犯人だったら、嘘の解析結果を提示するかもしれません。ですから、ぼくのほうでも解析しておきたいんです」

「そういうことなら、お願いします」

星原から受け取った鍵を天野は握りしめた。

事件解決の鍵になって欲しいとの祈りを込めて。

第四章

「水川さん、ここです」

地下鉄の六本木駅の出口で、天野は高く掲げた手を振った。

この歓楽街の夜を楽しむために行き交っているひとたちとは違い、これから甘い時間が待っているわけではなかった。

しかし、天野は期待していた。もしかしたら、ＪＩＮ‐１打ち上げを妨害した犯人を突き止める糸口が見つかるかもしれない、と。

ゆっくりとした歩調でひとの流れから抜け出てきた水川が長い髪を搔き上げた。

「会って早々に申し訳ないのですが、天野さん、なぜ、あなたもあのコンピュータを解析していたのですか？　わたしを信頼していなかったということですよね」

ノン・フレームの眼鏡の奥から冷たい視線を投げつけてくる。

天野は顔を逸らすことなく水川を見据えた。

大丈夫だ。このひとは信頼していい。

胸の奥でつぶやいた。

会社に戻った天野は、早速、ＪＡＸＡの筑波宇宙センターでコピーしたコンピュータのデータを解析し始めた。そして、資料室のコンピュータのデータから、ひとつのファイルを復元することに成功した。

そのファイルには、「六本木北公園、真ん中のベンチ」といった記述がずらりと並び、それぞれの冒頭には、丸、三角、星といった記号があった。

ほとんど使われていなかった資料室のコンピュータから出てきたのだから、犯人が作成、削除したものだと考えられる。

天野は、ためらいつつも水川に電話をかけ、水川のほうで進めていた解析の状況を問い合わせた。

水川からは、ファイルが復元でき、そこに記されている場所にこれから赴いて調査するつもりだ、との返答があった。

リストの先頭にあった六本木北公園に水川が向かっていたこともあり、最寄り駅である六本木駅の出口でふたりは待ち合わせたのだ。

「その件は謝るしかありません。実は――」

コンピュータのマウスを入れ替えることで犯人が佐藤に疑いを向けようとしていたこと、そして、それができるのは、佐藤たちの分室への出入りが許されている、システム部の小林部長と水川次長、総務部の山中部長、そして、防衛省の倉永の四人であることを天野は包み隠さず説明した。

「わたしも容疑者ってことですか？」

抑揚のない声が向けられた。

「正直に言えば、そうなります。でも――」

「でも？」

「あなたへの疑いは晴れました。ぼくも解析していることをあなたは知りませんでした。もしあなたが犯人なら、ぼくからの問い合わせに、嘘の解析結果を答えたはずです」

「ということは、あの電話でわたしに鎌をかけたのですね」

強い口調をぶつけると、水川は天野に背を向け、歩き始めた。ハイヒールがアスファルトを叩《たた》く音が、天野には水川の憤りのように聞こえた。

「たしかに、それは事実です。でも、ぼくの立場も理解してください。ＪＩＮ－１は予定通りに来週、宇宙へ飛び立ってもらわないと困るんです」

犯人が再び妨害を仕掛けてきたら、自分が関わっている人工衛星ＸＡＩの打ち上げ自体がなくなってしまうかもしれないことについて、天野は力説した。

「あなたが犯人を見つけたいことも、その動機も理解しました。しかし、疑われたわたしの気持ちは別です。あなたと一緒に調査する気にはなれません。どうか、お引き取りください。リストの場所は、わたしがひとりでまわります」

「それは危険です」

裏通りに入ったせいか、人通りも減り、街の灯りも少なくなっていた。

「こんなところを女ひとりで歩くのは危ないと？　大きなお世話です」

ハイヒールの音の間隔が短くなった。

「そういう意味ではありません――水川さん、このリスト、なんだと思いますか？」

昼間に持ち歩いていたタブレット型のパソコンに天野は問題のリストのファイルをコピーしていた。そのファイルを開いて、先を歩く水川の前に差しだした。

「わからないから、こうして調査に赴いているのです」

突《つ》っ慳貪《けんどん》な声が返ってきた。

「犯人はひとりで動いているのではなく、JAXAの外に協力者が存在しているのではないかと、ぼくは推測しています。そして、このリストの場所に通信文を隠して、やり取りしているのではないかと疑っています」

実際には、疑いよりも確信に近かった。

その背景には、情報保全隊としてスパイ捜査の任にある倉永の言葉があった。

倉永は、訪ねてきたとき、いくつかのスパイの手法を説明した。そのひとつにデッド・レター・ボックスというものがあった。

この手法でスパイが情報のやり取りをする場合、石壁の穴、ベンチの裏、空き家の郵便受けなど複数の秘密の場所を準備しておく。そして、あらかじめ決めておいた壁や道路といったところに子供のイタズラにしか見えないような目印をチョークなどで描いて、どの秘密の場所に通信文を隠したかを相手に伝える。また、この目印によって、新しい情報はない、とか、防諜機関に目を付けられて身動きが難しい、といった状況報告をすることもある。ただし、この目印はチョークの落書きだとは限らない。窓のカーテンの様子、本人の服装といったさりげないもののなかに隠されていることもある。

復元されたリストにある「六本木北公園、真ん中のベンチ」といった場所は、通信文を隠すのに適しているように思える。さらには、それらの記述の冒頭に記されている丸、三角、星といった記号は、どこに通信文を隠したかを相手に伝えるためのものではないかと天野は推測しているのだ。

天野は倉永のことには触れないようにして、自分の考えを説明した。

「そうなら、通信文が見つかって、それが手がかりになって犯人を特定できるかもしれません。もしかして、それをわたしが隠滅するとでも疑っているのですか？」

「ですから、あなたを疑っていたのは過去の話です。今は信じています。だからこそ、あなたが危険な目に遭わないようにしたいんです。犯人に協力者がいて、このリストがぼくの推測通りのものであれば、犯人も協力者も、ぼくたちがこのリストの復元に成功したことに気づいていないでしょうから、通信文をやり取りするために来ているかもしれません。そして、遭遇してしまうことだって充分にあり得ます。そうなれば、水川さんが襲われてしまうかもしれません」

「とりあえず、ここでは、犯人に遭遇することも、襲われることもなさそうですね」

水川が視線を流した。

その先には南北に細長い公園があった。すべり台と鉄棒、それにいくつかのベンチを小さな照明が照らしている。人影はなかった。

「あのベンチですね」

タブレット型のパソコンに表示されているリストには「真ん中のベンチ」と記されている。公園には、三つのベンチが並んでいた。問題のベンチに駆け寄った天野は、膝《ひざ》をついて下をのぞき込んだ。暗くて、なにも見つからず、ベンチの裏を手のひらで探っていった。しかし、怪しそうなものはなかった。

「リストは復旧できたものの、最初に調べたこの公園でなにかが見つかるほどの運はなかったようですね」

立ち上がって、天野はズボンについた土を払い落とした。

「運なんてものを気にするのは意外です。技術者というのは現実を積み上げていくものだというのが、わたしの信念です」

自分が信じる道をたどるかのように、水川が遠い目をした。

「そう考えていたこともありました。でも、技術が世間で認められるには少しの運も必要なのかなと、最近、感じているんです」

「そういうこと——」

水川の声が途切れた。

「どうしました？」

「今、あそこに人影があったような……」

天野たちが入ってきた口とは反対側の暗がりを水川が指さした。

天野は駆けだした。

もしかしたら、犯人か、その協力者かもしれない。ベンチを調べている天野たちの姿を見て、逃げ出したとも考えられる。

公園を出て、視線を走らせる。

しかし、怪しい人影はどこにもなかった。

「あなたが疑った通り、あのリストは、犯人と協力者が情報をやり取りするために作られたものかもしれませんね」

追いかけてきた水川が長い髪に手を添えた。

「ベンチには、なにもありませんでした。犯人か協力者が通信文を隠しに来たのかもしれません」

「そうなると、その人物は、もう一方からの通信文を回収するために、これからリストのほかの場所へ行くかもしれません。先を越されないよう、手分けをして調べましょう」

「ですが、あなたがひとりになるのは危険です」

「そんなことを言っている場合ではありません――リストのどの場所に通信文が隠されているのかをわたしたちは知らない上、相手が先にそこへ向かっているのですから、先回りをするのは無理だと思えます。でも、通信文がどこに隠されているかの記号を相手がこれから確認するのなら、多少の時間の猶予ができ、リストの場所のどこかへ当てずっぽうで向かっても、こちらが先回りできるかもしれません。こちらが二手にわかれれば、その可能性はさらに大きくなります」

「でも……」天野の声が浮遊した。「でも……、ぼくたちが大人数で同時にリストの場所を調べていると、向こうは勘違いしているかもしれません。もしそうなら、通信文の回収を諦めるのではないでしょうか。それに、さっきの人影は、まったく関係ないひとだったとも考えられます」

「それは仮定の話ですよね」水川が天野の手からタブレット型パソコンを奪った。「根拠のないことに頼るのは危険です。わたしはリストのここから、ここまでをまわります。残りはあなたが調べてください」

液晶画面を指さして指示をすると、タブレット型パソコンを突き返してきた。

天野は液晶画面を見やりながら唇を噛みしめた。

そして、首を何度か振った。

「やはり一緒にまわるべきです」

「なんて強情なの」

こんなところで議論しているのは時間の無駄だと、水川は駅に向かった。

危険だ、というのも、こちらが大人数で調査していると勘違いしているかもしれない、というのも、水川をひとりにしないための建前だった。水川はその建前に聞く耳を持とうとしない。こうなっては、ほかに選択肢はない。

天野は水川の背中に本音を投げつけた。

「運良く手がかりを見つけられても、もし、それがあなたひとりで調べた結果であれば、混乱を生むだけです」

「どういうことですか？」

振り向いた水川が目を剝《む》いた。

「さっきも言いましたが、あなたは疑われているんです。そんな人物が見つけたものを、そのまま、だれが受け入れると思いますか？　捏造されたものかもしれないとの疑念がつきまとうはずです。そんな疑いを持たれないためには、ぼくと一緒に調べるしかないんです」

天野が見据えると、水川の視線が天へ向いた。

天野も視線を上げた。

雲に隠されているのか、星の光はなかった。

「わかりました。勝手についてきてください」

天野の顔を見ることなく、水川が先を急いだ。

ハイヒールの音が天野の耳には心地よかった。

★

天野はベンチの裏に指を這《は》わせた。

指先がなにかに引っかかった。

ベンチの下に潜り込む。

「ありました」天野の声が跳ねた。「水川さん、ありましたよ」

このような場所で密かに連絡を取っているのだから、犯人たちは電話や電子メールなどは使っていないだろうとの推測が天野にはあった。

そのため、リストの一番目で水川が見た人影が犯人か協力者であったとしても、天野たちがリストの場所を調べているという情報は、もう一方へは伝わっていないと思われる。そうであれば、犯人に繋がる手がかりを得られるチャンスはあるかもしれないと期待していた。

しかし、リストの四番目の場所となるこの公園を調べにきていた天野は、正直、諦めかけていた。

すでに先回りされて、通信文を回収されてしまったのかもしれない。

やはり、水川と二手になって調べるべきだった。

そのような後悔が背中をさすっていただけに、天野は安堵《あんど》の長い息をこぼした。

ベンチの裏には、使い捨てライターよりもひとまわりほど小さいものが貼《は》り付けられていた。

それをもぎ取ろうとした指先を水川の声が制止した。

「待ってください」

「なぜですか？」

声に不満がにじみ出た。

「犯人か協力者の指紋が付着しているかもしれませんから、慎重にお願いします」

水川がハンカチを差しだしてきた。

天野はそのハンカチで手を覆って、自分の指先が直接、触れないようにしながら、ベンチの裏から小さな怪しい物体を剝《は》ぎ取った。

「ＵＳＢメモリのようですね。中身を確認しましょう」

この小さな記憶装置なら、コンピュータ・ウイルスの受け渡しもできる。犯人か協力者がこのベンチに隠して、相手に渡そうとしていたに違いない。

ベンチの下から這い出た天野は、持ち歩いていたタブレット型パソコンにそのＵＳＢメモリを差し込んだ。

なかには、ふたつのファイルが保存されていた。一方は、なにか不明だったが、もう一方は文書ファイルのようだった。天野の指先が液晶画面を叩き、そのファイルを開いた。

——種子島に戻ったら、このウイルスを管制システムに仕掛けろ。前回同様、新種のウイルスなので、ウイルス対策ソフトに検知されることはない。

という文字が液晶画面に映し出された。

これは犯人への指示に違いない。犯人には協力者がいると推測していたが、両者は協力関係ではなく、犯人が服従しているのかもしれない。USBメモリに入っているもうひとつのファイルは、JIN－1の打ち上げを妨害するためのコンピュータ・ウイルスであろう。

「水川さん、犯人たちの妨害を阻止できましたよ」

天野の声が煌《きら》めく。

「喜んでいいのでしょうか」しかし、水川の声に彩りはなかった。「少なくとも、犯人は次の打ち上げに向けて妨害の準備を進めていたということです。これで妨害を阻止でき、JIN－1が無事に宇宙へ飛び立てると確定したわけではありません。犯人は別の方法で妨害してくると考えるべきです。JIN－1の打ち上げを成功させるには、犯人を捕まえるしかありません」

「このUSBメモリに指紋が残っていればいいのですが」

「ほかにも手がかりはあります。この文章の冒頭です。種子島に行く、ではなく、戻る、となっています」

細く白い指先を液晶画面に映し出されている文字に向けると、水川はスマートフォンを手にして、どこかに電話を入れた。そのやり取りを天野はじっと聞いていた。

冴《さ》えない表情で電話を終えた水川に天野は質問を向けた。

「手がかりにはならなかったんですか？」

「ええ」水川が小さく肩をすくめる。「今、疑われているのは、わたしを除くと三人です——人事の同期に確認してもらいましたが、種子島の出身者や、種子島での勤務経験があるひとは、三人のなかにはいませんでした。もちろん、わたしも同様です」

「種子島に戻る、という言葉に、だれも当てはまらないってことですか？」

「そういうことです」

「防衛省からの倉永さんも？」

「防衛省からの出向を受け入れる際、人事に資料がまわってきていたそうです。倉永さんも種子島に縁はないとのことでした」

「戻る、というのが、ただの言葉の間違いだったのでしょうか？」

天野はベンチに腰を降ろし、うつむいた。

「あるいは、疑わしいひとを四人に絞り込んだのが間違いだったのではないでしょうか？」

頭の上から水川の戸惑い気味な疑問が落ちてきた。

「しかし、マウスが入れ替わっていたのは間違いないんです。それができるのは限られたひとです。実は、セキュリティが甘くて、だれでも佐藤さんたちの分室に出入りできるとか？」

「そんなことがあれば、あなただって、昼間みたいに閉め出されることはありません」

「そうか。それですよ」

気づいたとき、天野は立ち上がっていた。

「驚かせないでください。どうしたのですか？」

「ぼくたちは重要なことを見逃していたんですよ」

水川の眉間《みけん》に皺《しわ》が寄る。

「なにをですか？」

「扉のセキュリティに指紋が登録されていなくても、だれかに開けてもらえば、あの部屋に入ることはできます。ぼくと同じように星原さんも閉め出されたことがあると言っていましたよね。

それって、佐藤さんたちの部屋じゃないですか？」

「そうです。防衛省の情報収集衛星をＪＩＮ－１で打ち上げるにあたり、あの部屋で、防衛省のふたりにＪＡＸＡの各部門から説明をしました。ＪＩＮ－１の管制システムについては、星原さんが担当していて、そのときのことです。でも、それは三ヵ月くらい前です。資料室からハッキングがあったのは先週です」

「三ヵ月前、星原さんは、資料室のコンピュータを使って、外部の協力者と連絡を取った。そのときのものが、復元されたリストではないでしょうか？」

疑問を投げかけていたが、天野の声は自信に満ちていた。

「連絡したことが露見しても、自分ではなく佐藤さんに疑いが向くように、マウスの交換をして、アクセス・ログを削除しておいたということですか？　資料室がほとんど使われていなかったから、その状況がそのまま残っていたと？」

「そうです」

「ないとは否定しきれませんが、そうなると、ハッキングは？」

「そこがわからないんです……」

天野の指先が額を叩いて思考を促した。

「もしかしたら、ハッキングなんて、なかったのかも……」

水川から自信なさげな声が漏れた。

「ハッキングがなければ、管制システムがウイルスに感染するなんてことは……いえ、それが正解なのかもしれません」天野の声が高揚した。「星原さんは、直接、管制システムにウイルスを仕掛けた。それをハッキングによるものだと見せかけるために、あえて管制室のコンピュータのアクセス・ログを削除した――これで、種子島に戻る、という表現を含めて、すべて辻褄《つじつま》があいます。種子島に勤務する星原さんなら、戻る、という言葉に当てはまりますから」

「星原さんが……ＪＩＮ－１の打ち上げを妨害した……」

水川の声が戸惑っているかのように浮遊した。

「ほかには考えられません。星原さんが犯人です」

天野が力強くうなずくと、同意したのか、水川が何度も小さくうなずいた。

「どうしますか？　たしか、今日、彼女はこちらに泊まりですよね。これから本人に会ってみますか？」

水川の声は強く促していた。

「当然です。とりあえず電話をしますか？　番号は覚えています」

「いえ、電話の些細《ささい》な言葉遣いから、疑っていることを察知されて、逃げられてしまうかもしれません。直接、会いにいきましょう」

水川が足早に公園から立ち去ろうとした。

「どこへ行くんですか？」天野は水川を追いかけた。「都内のホテルに泊まると星原さんは言っていましたけど、どこなのかまでは聞いていません」

「ＪＡＸＡの職員が出張でよく使うホテルは、都内ではひとつだけです。そこに行ってみましょう。ここからは、そんなに遠くはありません」

「ところで、星原さんの協力者というのは、どういった人物なのでしょう？」

先を歩く水川の華奢《きゃしゃ》な背中に問いかけた。

「わかりません。でも、ＪＩＮ－１の打ち上げが成功して欲しくない会社というのは、はっきりしています」

「どこの会社ですか？」

「スペース・ジェネシス社です」

「アメリカの民間ロケット打ち上げ企業の？」

「スペース・ジェネシス社はローコストを売りにして、商業ロケット市場で業績を伸ばしてきています。ＪＩＮ－１が成功して、さらなるローコストを実現すれば、スペース・ジェネシス社の経営は難しくなるだろうと、以前からＪＡＸＡ内では囁《ささや》かれ続けています」

「でも、妨害なんてことをするでしょうか？」

　第二次世界大戦後、アメリカとソ連は宇宙開発に乗り出した。あれは競争であって、戦争ではなかったと天野は認識している。それだけに、宇宙開発に携わる者が他者の足を引っ張るなど、信じたくなかった。

「スペース・ジェネシス社にとって、ＪＩＮ－１が脅威なのは事実です」

「それなら、ハイブリッド・ロケットの技術を盗むほうが得策のように思えます。妨害であれば、必ず捜査されてしまいます。でも、盗むのなら、気づかれない場合もあるでしょうから」

「星原さんの背後にいるのがスペース・ジェネシス社なら、技術を盗むという選択はしないでしょう」

「なぜですか？」

「ハイブリッド・ロケットには、液体燃料ロケットと固体燃料ロケットというふたつの異なる技術が使われています。スペース・ジェネシス社が運用しているのは液体燃料ロケットです。固体燃料ロケットのノウハウを持っていないスペース・ジェネシス社がハイブリッド・ロケットの技術を手にしても、それをもとに新たなロケットを開発するには、五年、一〇年の時間が必要です。その間にＪＡＸＡに顧客を奪われて、スペース・ジェネシス社は商業ロケット市場から追い出されてしまいます――いずれにせよ、まずは星原さんの確保です。だれが背後にいるかなんて、彼女から聞き出せばいいのです。彼女が泊まっているホテルは、すぐそこです」

水川が暗く細い路地に入り、足を速めた。シルエットしか見えなくなった水川に天野は続いた。

路地を抜けようとしたとき、天野たちの前を人影が横切った。一瞬ではあったが、キャリーバッグを引きずるその人物の横顔がはっきりと見えた。

「星原さん」

追いかけようとした天野は、路地から大きな通りに出る前に声を張った。

星原が足を止め、振り向いた。

「その声は、天野さん？」

星原の顔が右へ左へと迷走する。

「ここですよ。ここ」

路地の角で手を掲げた。

「いたずら？　どこに隠れているのですか？　さっさと出てきてください」

「とぼけているつもりですか？」

水川が路地から出て、長い黒髪を掻き上げた。

「水川さん?」星原がきょとんとした表情を見せる。「天野さんの声が聞こえた気がしたのですが……」

「天野さんなら、そこにいます」

と振り向く。

「え? どこですか?」

星原が視線を巡らせる。

どういうことだ。

天野は指先で額を叩いて思考を巡らせた。

「わたしたちが真相に気づいたことを察知したのですね。そうやって油断させておいて、逃げる隙を見つけようとしているのでしょうけど、わたしは甘くはありません」

水川が星原の左腕を取った。

「痛い。やめてください。どういうことですか」

白い包帯が巻かれている星原の左手首が暴れて、水川の手を振りほどこうとする。

包帯……。

額を叩く天野の指先が速度を上げた。

「逃がしませんよ」

水川の手が星原にしがみつく。

倉庫で転んで怪我《けが》をしたと星原が言っていたことを思い出して、天野は周囲を見渡した。

そうか。それだ。

「違う。間違っていました」

天野の声が破裂した。

「どういうこと？」

星原と水川の声が重なり、水川の視線が振り向いた。しかし、星原の視線は彷徨《ほうこう》していた。

「水川さん、その手を放してください」

天野は路地から出た。

「天野さん、そこにいたのですか」

安堵したような声が星原から漏れた。

「ぼくが見えるんですね。それが真実なんです、それが」

何度もうなずく天野に、星原と水川は怪訝な表情を向けていた。


「どういうことかしら？」

ホテルへのチェックインを終えた星原が、ロビーで待っていた天野と水川にメッセージ・カードを差しだして、小首を傾げた。

――疑いがそちらに向く。まずは身を隠しなさい。

と記されている。

「このメッセージをホテルが預かっていました。相手は名乗らなかったそうです」

意味がわからないと言いたげに、星原が小さく首を振った。

「その言葉の通りです」水川から強い口調と、眼鏡越しの強い視線が向けられた。「わたしと天野さんで、資料室のコンピュータから復元できたリストにあった場所をまわりました。その一番目の場所で今夜、あなたの協力者は、あなたからの通信文をピックアップしたのです」

「協力者？　通信文？」

「とぼけないで」水川の語気と視線がさらに強まる。「その直後、ひとの気配に気づいて、その人物は暗がりに身を隠した。そして、ベンチの下を探っているわたしたちを見て、この情報の受け渡し方法が露見したと察知し、その場から逃げたのです。そのとき、協力者は、すでにあなたに宛てた通信文を四番目の場所に隠していた。そこに近づけば、わたしたちにその場で取り押さえられてしまう恐れがあったので、回収は諦めるしかなかった。そして、あなたへの通信文をわたしたちが入手して事件の真相に迫ることを想定し、逃げるようにあなたに指示したのが、そのメッセージです」

「いえ、ですから、それは違うんです」天野は声を割り込ませた。「星原さんにもわかるように、順に説明します——資料室のコンピュータを解析したところ、このリストが出てきました。そこで、ぼくと水川さんで、その場所を調べてまわりました」

天野はタブレット型パソコンの液晶画面を星原に向けた。

「水川さんと？　水川さんは——」

「とりあえず聞いてください。水川さんは潔白なんです」

咎《とが》めようとしてきた星原を天野は遮った。そして、水川は犯人でないとの推論、さらには、星原を疑うことになった推理を話した。

「わたしが犯人ってこと？」星原の目が大きくなった。「それは違います。絶対に違います」

星原の首が激しく振られる。

「そうなんです。あなたは犯人なんかではありません」

「でも――」

抗弁を差し挟もうとした水川を天野は手で制した。

「星原さん、その左手の包帯なんですけど、暗い倉庫で転んで怪我をしたんですよね？」

「そうです。でも、もう痛みはほとんどありません」

「そういう問題ではないんです。暗い倉庫で転んだ。そこが重要なんです。路地からぼくが声をかけたとき、あなたは視線を右往左往させていましたよね」

「だって、声は聞こえるのに姿が見えなかったから……」

「なにを言っているの。天野さんは、ずっと、わたしと一緒にいました。嘘をつかないで」

犯人を自供に追い込もうとする刑事のように、水川が星原に詰め寄る。

「いいえ、嘘ではないと思います――星原さん、あなたは夜盲症だとぼくは推測しているんですけど、どうなんですか？」

「夜盲症？　暗いところでは著しく視力が低下してしまうってこと？」

水川が投げかけた疑問に天野は、そうです、と答えた。

「だから、暗い倉庫では足元がよく見えないで転び、さっきは路地の暗がりにいたぼくの姿が見えなかったんですよね？」

「きちんと検査したことはありませんが、暗いところが見えないのは事実です。それがどうしたのですか？」

「ハッキングに使われたコンピュータは、薄暗い資料室の奥にありました。扉が磨りガラスになっているため、照明をつければ目立ってしまいます。ですから、犯人は暗がりのなかで作業をしたに違いありません」

「夜盲症の星原さんには、そんなことはできない？」

「そういうことです」天野は水川の問いにうなずいた。「暗がりのなかでマウスを入れ替え、自分の指紋を残さず拭き取るなんて、星原さんにはできません。もし、星原さんが犯人なら、明るくて自分の視力が確保できるところのコンピュータを使ったはずです」

「星原さんが犯人でないのなら、身を隠せ、という伝言があったことと矛盾します」

星原が手にしているメッセージ・カードを水川が見やった。

「リストの一番目であなたが見かけた怪しい人影は、犯人だったのでしょう。あのときぼくは、最初に調べたこの公園、と口にしてしまいました。それを聞いた犯人は、ぼくたちがほかの場所も調べるだろうと予測して先回りし、四番目の場所にUSBメモリを隠して、星原さんに疑いが向くように仕向けたんです。そして、ホテルに星原さん宛てのメッセージを残したに違いありません。もし、それを読んだ星原さんが真に受けて身を隠していたら、ぼくたちは星原さんをさらに疑い、星原さんが見つかるまでは、ずっと疑い続けることになっていたでしょう――アシスタント・ランチャー・コンダクタの星原さんが疑われたとなると、少なくとも明後日の打ち上げリハーサルは延期になっていたはずです。それが犯人の狙いだったに違いありません。そして、JAXAの皆さんの意識が星原さんに向いている間に、さらなる妨害の準備を進めるつもりだったのかもしれません」

天野の視線が水川から星原へと巡った。

「犯人に好き勝手なことをされているみたいで、面白くありません」

星原が唇を噛んだ。

「ほんの小さな運がなければ、ぼくたちは迷宮に迷い込んでしまうところでした。ぼくたちが犯人の後手に回っているのは事実です。でも、ぎりぎりのところで踏み留まれています。犯人からはぼくたちの動きが見えているのでしょうが、ぼくたちには犯人の動きが見えていません。明らかなハンディです。でも、犯人と渡り合えています。小さなきっかけさえあれば、攻守を逆転できるはずです。そして、その足がかりをぼくたちは手に入れました」

「そんなもの、どこに?」

天野の言葉を信じていないのか、星原がため息混じりに肩をすくめた。

「これだけの罠《わな》を仕掛けてきた犯人のことですから、マウスの仕掛けにぼくたちが気づき、佐藤さんたちの分室に出入りできるひとを疑うことも想定していたに違いありません。それでも、星原さんに疑いを向けることが可能だと、犯人は考えていたと思われます。すなわち、あの分室に星原さんが入ったことがあると犯人は把握していたんです。あの事実がなければ、ぼくたちは星原さんを疑えませんでしたからね。このことから、疑わしい人物を絞り込めるはずです」

「残念ながら、それは無理です」水川が力なくかぶりを振った。「星原さんが分室に入ったのは、ＪＩＮ－１で防衛省の情報収集衛星を打ち上げるにあたっての説明のためだったと話しましたよね。あのとき、開発部門からの説明は会議室で行われましたが、システム部と管制室からの説明は順に分室で行われました。その時間調整は総務部がしました——今、疑われているのは、システム部次長のわたしを含めても、システム部の小林部長、総務部の山中部長、それと防衛省の倉永さんの四人ですよね。説明の場に倉永さんもいましたから、今、疑われている四人はすべて、星原さんがあの部屋に入ったことを知っているのです」

「そうなんですか……。でも、星原さん宛てのメッセージは手がかりになるはずです。犯人は、星原さんがここに宿泊することを知っていたということです。星原さん、心当たりはありませんか？」

天野は星原を見やった。

「その方向から犯人を絞り込むのも難しいかも」星原の声のトーンは沈んでいた。「わたしは、今日、筑波でキャリーバッグを持ち歩いていました。あれを見かければ、泊まりでの出張だと、だれでも思うはずです。このホテルはＪＡＸＡの職員が出張の際によく使っていますから、わたしが泊まるだろうと予想するのは難しくないと思います。ですから、筑波勤務の小林部長と水川さんは疑わしいままです。それと、今回、急な出張になった上、調査のことやリハーサルの準備で慌ただしくしていたので、ホテルの予約は総務部にお願いしました。わたしがここに泊まると、調布勤務の山中部長も知っているはずです——倉永さんが疑わしいなかから外れるだけですね」

「いえ、倉永さんも外せないかもしれません」天野は小さく首を振った。「実は、昨日、電話で再調査を星原さんに申し出たとき、その場に倉永さんもいたんです。あのとき、泊まりでの出張ということも話していましたから、倉永さんの耳にも入っています。ただ、このホテルを特定できたかは疑問ですが……」

スパイ捜しの任にある倉永なら、宿泊先を突き止めることは容易であろう。

倉永の素性をここで明かしていいものか、天野は迷った。

「倉永さんはこのホテルのことを知っています」水川のひと言が天野の迷いを打ち消した。「最初の事故調査チームの会議が終わったあと、雑談のなかで、倉永さんが出張について話題を振ってきました。そのとき、このホテルが使われているという話も出ましたから」

「そういう会話がありましたね」

星原が小さくうなずく。

天野は、倉永の秘密に触れないで済んだことで、密かに胸を撫《な》で下ろしていた。

「あとは、ここになにか手がかりがあることを祈るだけですね」水川がハンカチを広げた。リストの四番目の場所で見つけたＵＳＢメモリがそこにあった。「これから筑波に戻って、調べてみます」

「それなら、ここで少しは調べられると思います」天野は手にしていたタブレット型パソコンを掲げた。「昼間、筑波への移動の時間にコンピュータ・ウイルスについて研究しようと思って、解析用のソフトをいくつか、このなかに入れておいたんです」

通常、コンピュータのプログラムは、ひとが理解しやすいプログラム言語で書かれる。だが、実際に使われるときには、コンピュータが無駄なく作動する機械語に変換される。ウイルスの多くも、そのような処理がされている。この逆の変換をすることで、ウイルスの中身を確認することができるのだ。

天野はUSBメモリを水川から受け取ると、その処理を施した。

液晶画面に文字が並んだ。天野の視線がそこを疾走する。

「これは酷《ひど》い……」

天野の声が震えた。

「どうしたのですか？」

「ウイルスの勉強を始めたばかりなんで、断言はできないんですけど、このウイルスが作動すれば、コンピュータのなかのデータがすべて消されてしまうところでした……。ただ、この部分の意味が理解できないんですよね」

天野の指先が液晶画面に映っている文字列の下から三段目に触れた。

「ちょっと……それこそ酷いことに……」

水川の声が怯《おび》えた。

「この一行にどんな意味があるんですか？」

「そこにあるのは指令破壊コマンドです。打ち上げたロケットになんらかの不具合が発生した場合、墜落して地上に被害を出さないために、自爆させることがあります。そのためのコマンドです。このプログラムが管制システムに仕込まれていたら、次の打ち上げの予定時刻である午後三時の一秒後にJIN－1は自爆するところでした」

「わけがわからない」天野は頭を掻きむしった。「星原さんに疑いを向けるよりも、ハッキングして、このプログラムを仕掛けたほうが、確実に打ち上げを妨害できます。まさに、犯人にとっては切り札ですよ。それなのに、どうして星原さんへの罠に、その切り札を使ったんですか？

そもそも、前回の打ち上げで使えばよかったはずです」

「指令破壊コマンドを入手できたのが、前回の打ち上げ以降だったのかもしれません。管制システムだけでなく管制室のコンピュータへも、JAXA内からでさえ接続できないようにシステム上で設定する対策が取られることになりました。これを知った犯人は、再び管制システムにハッキングを仕掛けるのは無理だと諦めたとも考えられます。でも、これは大きな手がかりです」

「どこがですか?」

犯人に迫れると期待した天野は、身を乗り出していた。

「JIN－1の指令破壊コマンドは、設計図、燃料の組成、エンジンの燃焼実験のデータといった重要な機密とともに、筑波の第一宇宙開発部門の第三サーバに保存されていてます。閲覧できるのは、開発部門の一部と管制室の六人だけです」

「犯人は、佐藤さんたちの分室に入ってマウスの入れ替えをしています。開発部門や管制室のひとは、分室には自由に入れませんよね。星原さんのように、なにかの機会に分室に入ったということでしょうか?」

「その確認は必要ですが、わたしの記憶では、そのようなことはありません」

「そうなると、犯人はいないことに……」

天野は額に指先を添え、小さく首を振った。

「いえ、犯人はいます——犯人は、指令破壊コマンドが保存されている第三サーバにアクセスする権限はないものの、指令破壊コマンドを知ることができる立場にある人物です」

感情を殺した声を水川が向けてきた。

「そういうひとがいるんですか？」

「ええ。システム部では、管制システムの構築とメンテナンスを担当しています。当然、管制システムへの指令破壊コマンドの入力も行います」

「システム部から指令破壊コマンドが漏れたということは、考えられませんか？」

「それはないと断言できます。指令破壊コマンドは機密事項なので、作業する際は封印されたものを受け取り、入力したあとは速やかにシュレッダーにかけるのが規則です。その上、管制システム内では暗号化されるので、そこから漏れることはありません」

「そうなると、犯人は、システム部の部長の小林さんか、次長の水川さんのどちらか……」

星原の声が漂った。

「そうなります」躊躇の様子を見せることなく水川がうなずいた。「分室に自由に入ることができて疑わしいのは四人。そのうち、指令破壊コマンドを入手できるのは、わたしと部長の小林だけです。わたしとしては、直属の上司ですが、小林が犯人だと断定するしかありません」

「決めつけていいのかしら。犯人がサーバをハッキングして、指令破壊コマンドを盗み出したのかもしれないわ」

「その可能性は否定しません。早急に、セキュリティ統括室の鳴海室長に調査を依頼するべきですね」

星原と水川の議論を聞きながらも、天野の思考は別の方向へ進んでいた。

巧妙な工作で犯人は佐藤に疑いを向けようとした。それを見抜いたことが公表される前に、今度は星原へ疑いを向けようとした。さらには、指令破壊コマンドという切り札を持っていることをわざわざ見せびらかしている。

天野は、自分の力で真相を突き止めてきたと感じていた。

しかし、実際は、犯人の思惑通りに動き、思考してきただけではないだろうか。謎に満ちたジャングルを自分の判断で切り拓いてきたつもりでいたが、犯人が敷いたレールの上をただ走っていただけなのかもしれない。

水川か小林のどちらかが犯人だと決めつけるのは危険に思えた。

このままでは犯人が想定した通りに動く操り人形になってしまい、犯人の目論見《もくろみ》通りに、ＪＩＮ－１の打ち上げが妨害されるのではないだろうか。

だめだ。そんな未来は受け入れられない。

自分の夢がひとつの形となった人工衛星ＸＡＩをＪＩＮ－１で宇宙へと向かわせる。だれにも、それを妨害させるわけにはいかない。

いつのまにか、天野は拳《こぶし》をきつく握りしめていた。

第五章

白を基調とした店内には、ショパンの夜想曲第二番変ホ長調の調べが流れている。

テーブルの向こうでスモークサーモンと野菜のテリーヌを口に運ぶ男と、二日前、マルイ・ソフトに訪ねてきた自衛官が同一人物だとは天野には思えなかった。

短い髪を撫でつけたオールバックという髪型はなんら変わっていないものの、背広姿になっているだけで印象が大きく違っていた。エリート・ビジネスマンだと紹介されれば、だれもが信じてしまうだろう。

「倉永さん、制服はどうしたんですか?」

右手のナイフを置いて天野は訊いた。

「自衛官だからといって、四六時中、制服を着ているわけではありません。特にわたしの場合、街のなかに姿を溶け込ませて尾行することもありますから」

そうですか、とだけ応え、天野は鼻を鳴らした。

星原が依頼して、セキュリティ統括室の鳴海室長に第一宇宙開発部門の第三サーバの状況を内密に調査してもらった。

前回の打ち上げ中止以前に、種子島の星原、星原の上司の月島、ふたりのコンピュータから接続された記録があったものの、月島のコンピュータからはサーバ内部に侵入できていなかった。そして、星原にも月島にも、そのようなことをした記憶はなかった。

犯人がふたりのコンピュータをハッキングして乗っ取っていたのは間違いない。そこを足がかりにして、第三サーバへの侵入を試み、月島のコンピュータからは失敗したが、星原のコンピュータからは成功し、犯人はそこに保存されている指令破壊コマンドを盗み出したと推測できる。

そのため、指令破壊コマンドを知っていた水川と彼女の上司であるシステム部の小林部長のどちらかが犯人だとは言い切れなくなった。ただし、ふたりへの疑いが晴れたわけではない。わざわざハッキングする必要がないふたりは犯人ではないように思えるが、そう思わせるための偽装だったのではないかとの疑いが残っているのだ。

一方、ほかの調査も進められた。

なんらかの機会があって分室に足を踏み入れたことがあり、マウスの入れ替えをできた人物がほかにいないかの確認を星原が行ったが、ひとりも見つからなかった。

また、リストの四番目の公園で見つかったＵＳＢメモリから指紋は検出されなかった。

結局、マウスの謎を解明したことで疑わしい人物を絞り込めたものの、それ以降、天野たちは犯人へ近づけていない。依然として、佐藤たちの分室に自由に出入りできる四人が疑わしいままになっている。

さらには、前回の打ち上げ中止以前に指令破壊コマンドを入手していたのに、なぜ、犯人は妨害にそれを使わなかったのか、という新たな疑問が生じていた。

料理の味を楽しむ心の余裕など、天野にはなかった。

「ご機嫌が斜めのようですね」

倉永が笑みを見せた。

「今日は、なにを食べても、同じ味しかしないように思えます」

上官である佐藤分室長が無罪放免となったのだから、倉永が上機嫌になるのは当然であろう。

いつまでも疑われていたら佐藤が不憫《ふびん》だと言いだした星原と水川が策を巡らせた結果である。

ふたりとも、短い時間とはいえ、疑いの目を向けられただけに、佐藤の境遇に心を痛めたのだろう。

ハッキングに対して万全の警戒をするためと理由をつけて、第一宇宙開発部門の第三サーバのパスワードと指令破壊コマンドが急遽《きゅうきょ》、変更された。疑われている水川と小林に、新たな指令破壊コマンドの設定作業を任せるわけにはいかない。そのため、スケジュール上の問題ということにして、システム部の疑われていない職員がこの作業を行うことになった。

現状で考えられる対策は施したとはいえ、天野による再調査以降の状況をそのまま事故調査チームの会議で報告すれば、佐藤は自由の身になるものの、そのことを耳にした犯人が警戒しかねない。それにより、犯人の特定が難しくなることは避けたかった。

そこで、防衛省に佐藤の過去二週間の行動を問い合わせ、揺るぎないアリバイがある時間を確認し、その時間にコンピュータ・ウイルスが送信されたことが判明したという嘘の報告書を天野が作成した。指紋に関しては、多くのひとが利用する会議室に設置されているコンピュータのマウスと入れ替えられ、それに佐藤の指紋が付着していたものと考えられると、嘘の推測を付け足しておいた。

この報告書が提出されたことにより、佐藤への疑いが晴れ、倉永が感謝の意を込め、このレストランに天野を招待したのだ。

佐藤が冤罪で苦しむことはなくなった。それは天野にとっても喜ばしい。しかし、そのために嘘をついてしまったことには後ろめたさを感じていた。

ただし、それは天野には些細なことだった。

一日中、コンピュータの前に座り、新種のウイルスを検出できるAIをどうやって開発するかで頭を悩ませていたのだが、それを実現させるためのアイデアは、まったく浮かんでこなかった。難しい問題ではある。しかし、その難易度が開発の進捗の足を引っ張ったのではなく、その解決へと意識を集中しきれていなかったことが元凶だと天野は認識していた。

AIのことを考えようとしても、JIN－1の打ち上げの妨害をした犯人のことが脳裏にこびりついて離れなかったのだ。

このままでは、次の打ち上げも妨害されるかもしれない。

関東理科大学の人工衛星XAIを宇宙へ送り出すためには、犯人を捕まえるしかない。なにか犯人を特定するいい方法がないか、と天野は自室内を歩き回って、思考を巡らせた。しかし、なにもひらめくことはなかった。

調査は星原たち事故調査チームに任せればいい。万が一、犯人を特定することができなかったときのために、新種のウイルスを見つけられるAIを早急に開発する。それが自分の使命だ。試作品を作ることができれば、次の打ち上げで犯人が妨害を仕掛けてきても阻止できるかもしれない。

そのように自分に何度も言い聞かせたが、顔のない人影が脳裏で天野を見つめていた。

「倉永さん、そんなに気楽にしていていいんですか？　犯人はJAXAのなかにいる。それは間違いないんです。次は、あなたが疑われるかもしれないんですよ」

疑わしい人物が四人に絞り込まれていて、そのなかに倉永がいることを天野は告げようとしたが、どうにか言葉を飲み込んだ。

このことは、まだＪＡＸＡ内でも発表されていないのだ。

「あなたは、わたしを疑っているのですか？」

「あなたが犯人なら、佐藤さんへの嫌疑を晴らすためにぼくのところに訪ねてくることなどせず、ひっそりと、次の打ち上げの妨害を目論み、準備を進めていたはずです」

「それなら問題ありません」倉永が白い歯を見せた。「わたしが疑われることになれば、今度は、佐藤分室長が依頼して、あなたがわたしの無実を証明してくれるでしょうからね。一万の敵兵に包囲されようと、ひとりの有能な軍師がいれば活路は見いだせるはずです」

「茶化さないでください」

天野は睨みつけた。

「わたしは本心を話しただけです。わたしも、分室長も、あなたには感謝しているのですよ」

「その佐藤さんは？」

「直接あなたに感謝の言葉を伝えたがっていたのですが、今回のことで山ほど報告書を書かされていて、来られなかったのです。日を改めて挨拶に行きたいと申していましたから、会社の場所を教えておきました」

「佐藤さんのためではなく、学生たちと作り上げた人工衛星のために再調査しただけですから、そこまでしていただかなくても――ところで、ひとつ教えて欲しいんですけど」

ＡＩの開発が進まないなか、犯人がだれなのかの決め手もなく、ゆっくりと食事をする気分でなかった天野が倉永の誘いを受けたのは、目的があってのことだった。

「わたしにわかることであれば、なんでもお答えしますよ。ただし、任務に関する機密は、その限りではありません」

倉永がかすかに口角をあげる。

「機密に触れない程度でいいんです。以前に話してくれたデッド・レター・ボックスについて詳しく教えてください」

「なぜ、そんなことを？」

倉永の表情が曇《くも》った。

「いえ……その……」

表向きの理由までは考えていなかっただけに、天野は返答に窮した。

もしかしたら、資料室のコンピュータから復元されたあのリストは、犯人が先の先まで読んで、星原を罠にかけるために事前に準備していたものかもしれない。しかし、あれは実際に犯人が使っていたもので、それを星原への罠に利用したとも考えられる。その場合は、犯人の協力者が存在し、デッド・レター・ボックスというスパイが使う手法に近い形で、あのリストの場所で情報をやり取りしていたことになる。そうであるのなら、デッド・レター・ボックスの使い方を熟知することで犯人に迫れるのではないかと、天野は考えていた。

しかし、犯人の可能性がある倉永に、正直にすべてを話すわけにはいかない。

天野は視線を右上に向けながら、デッド・レター・ボックスに興味を持った理由をでっちあげようと思考を巡らせた。

「わかりました。理由は聞きません」

予想外の返答に、天野は言葉を返せなかった。

「デッド・レター・ボックスがＡＩの開発のヒントになるとは思えません。ですから、ＪＩＮ－1の打ち上げ妨害の調査に絡《から》んでのことなのでしょう。ＪＡＸＡ内のだれが犯人なのかわからない現状で、まだ事故調査チームへ復帰していないわたしには、調査の進展の詳細は伏せておくべきです」

倉永は表情を変えることなく天野の要望を受け入れ、デッド・レター・ボックスについて説明していった。

「デッド・レター・ボックスに情報を隠すとき、それと回収するとき、スパイはもっとも慎重になります。もし、一方が敵の防諜機関の手に落ちて自白した場合、デッド・レター・ボックスは防諜機関に監視されることになりますからね」

「慎重になるというのは具体的には？」

「ときには、長時間、近くから状況を観察することもあります」

それを聞いて、天野の指先が耳たぶをさすった。

リストにあった場所の周辺を調べれば、事件解決の糸口が見つかるかもしれない。

「倉永さん、携帯電話を貸してもらえませんか？」

「会社に忘れたのですか？」

倉永がポケットからスマートフォンを取り出した。

「いえ、もともと持っていないんです」

「今どき？　それも、コンピュータの技術者が？」

小さな笑みを見せた倉永は、天野の言葉を信じてはいないようだった。天野は、二日前に星原にした説明と同様のことを話した。そして、星原に連絡したいと付け足した。

「事故調査チームでご一緒させてもらいましたから、星原さんの番号は登録してあります」倉永がスマートフォンを操作し、耳元に添えた。「夜分にすみません。防衛省の倉永です。携帯電話を持っていないという変わったひとがあなたと話したいそうです」

と天野にスマートフォンを差しだした。

「こんばんは――」

「やはり、あなただったのですね」電話の向こうの声は笑っていた。「倉永さんと一緒のようですが、調査の状況は話していませんよね」

すぐに声のトーンが下がった。

「いえ、そんなことは――」

「明日から始まるリハーサルの準備で忙しいのです。手短にしてください。ＡＩのほうで進展があったのですか？」

「いえ、そのことではありません」倉永を気にして天野は言葉を選んだ。「ヒントが見つかるかもしれない場所があるんです」

「もしかして、怪しい人影がいたと水川さんが言っていたところ？」

「ええ、そうです。そこを探せば――」

「そんなことよりも、あなたは自分にしかできないこと、ＡＩの開発に集中してください。それが、ＪＡＸＡのため、ＪＩＮ－１のためです」

「ですが――」

天野は抗弁しようとしたが、星原の声に遮られた。

「同様のことを水川さんが提案してきて、彼女が調査しました。そして、重大な手がかりが見つかりました――あなたは、これ以上、調査には関わらないでください」

「そんなことを言われても――」

「昨夜のことを忘れたのですか？　佐藤さんに続き、わたしまでも犯人の罠で疑われるところでした。もしかしたら、次は、あなたが疑われることになるかもしれません。外部のひとに迷惑をかけるわけにはいきません。あとは、わたしたちに任せてください」

天野は反論しようとしたが、その前に電話は切られてしまった。

力を失った手がスマートフォンを倉永に返した。

「星原さんにふられたようですね」

倉永がニヤリとした。

「そんなんじゃありません」

天野は視線を逸らした。その視線が三つ向こうの席に吸い込まれ、釘付けになった。

「どうしました？　知り合いですか？　それにしては視線が鋭すぎますね。まるで親の仇《かたき》を睨みつけているようですよ」

天野の視線に気づいたのか、倉永から心配の響きを伴った声が向けられた。

「仇……たしかに、そうなのかもしれません」

三つ向こうの席でひとり食事しているのは、ベリーショートの金髪の女性だった。

天野よりふたまわりほど歳上ではあるが、その容姿を見た普通の男は、彼女に好意的な視線を送ることはあっても、憎しみを向けることはないだろう。

彼女に親を殺されたわけではない。しかし、彼女は天野から大切なものを奪っていった。

この席で天野が不機嫌だった原因は、ＡＩの開発の進捗が思わしくないこと、打ち上げ妨害の犯人の姿が見えないこと、このふたつだけではなかった。

天野は、大きく息を吸い込むと、席を立ち、彼女のテーブルへと足を向けた。

「なにをするつもりですか」

倉永が飛んできて天野を引き止めた。


天野はバーボンのロックをバーテンダーに注文した。

モノトーンで統一されたシックな内装が安普請《やすぶしん》でないことは、こういうところにあまり来ない天野にもわかった。バーにいる客は、天野と倉永、そして、金髪の女性の三人だけで、込み入った話をするには適しているように思えた。

この日の昼間、天野がコンピュータを前にして、新種のウイルスを検出できるＡＩをどうやって開発すればいいのか、頭を掻きむしっていたとき、丸井社長が天野の部屋に来て神妙な顔を見せた。

民間月面探査車開発チームのＨＯＫＵＴＯから、ＬＧＰに参加する探査車に搭載するＡＩを開発できないかと打診があったが、その商談が流れたというのだ。

丸井が調べたところ、スペース・ジェネシス社は、自らも参加するLGPを最大の宣伝の場にしたいと考えていて、ロケットのスペースを貸すという立場を利用し、ロケットを間借りする参加社に探査車の仕様について口出しして、自社が有利になるようにしているとの噂があるらしい。

悪い噂は真実であり、それが実際に、探査車を月へ運ぶ契約をスペース・ジェネシス社と交しているHOKUTOの身に降りかかり、AIの搭載が認められなかったとしか思えないと、丸井は渋い表情を浮かべていた。

HOKUTOは、来日中のスペース・ジェネシス社の技術担当役員に話を通してから、正式にマルイ・ソフトに開発の依頼をすると説明していた。

その技術担当役員が、レストランでひとり食事をしていた金髪女性、キャサリン・ハリスであり、彼女がHOKUTOの探査車の仕様に口出ししたとしか思えなかった。

天野は、レストランのその場で、HOKUTOのAI搭載を認めなかった理由をキャサリンに問い質《ただ》そうとした。

そして、それを引き止めようとした倉永に、このことを天野は説明した。

人違いかもしれないと倉永が危惧したが、それは無用な心配だった。

スペース・ジェネシス社の技術面のスポークスマンでもあるキャサリンは、メディアによく取り上げられていて、耳をまったく隠すことのないほどまでに短く切られた金髪がトレード・マークである。天野も雑誌などで何度も見ていた。見間違えることはない。

そこで、本人であっても食事の場にはふさわしくない議論になるかもしれないと懸念した倉永が、佐藤の無実を証明した謝礼替わりに、彼女を静かな場所に誘うと提案してきた。

その結果、キャサリンとともに、天野と倉永は、彼女が宿泊しているホテルの地下にあるバーで止まり木に腰を落ち着かせていた。

天野は、バーテンダーからロック・グラスを受け取ると、たどたどしい英語で切り出した。

「マイ・ネーム・イズ――」

「日本語で大丈夫よ」

キャサリンがイントネーションに少しだけ違和感のある日本語に笑顔を付け足した。

日本語が通じることに安堵した天野は、いつの間にか力が入っていた肩を小さく回した。

「ぼくの名前はジュウゾウ・アマノです」右手を胸にやる。「マルイ・ソフトでＡＩの技術者をしています」

「ジュウゾウ？　マルイ・ソフトの？」

キャサリンの大きな目がさらに大きくなった。

「ぼくのことを知っているんですか？」

「オフ・コース。優秀な技術者だと聞いているわ。日本にいる間に、あなたには、一度、会いたいと思っていたの」

キャサリンの右手が握手を求めてきた。

意図がわからず、怪訝に思いつつも、天野は握手に応じた。

「早速だけど、あなた、スペース・ジェネシス社の一員にならない？　今の二倍、いえ、三倍の報酬を約束するわ」

「どういうことでしょうか？」

天野は握手していた手を引っ込めた。

「スペース・ジェネシス社では、ロケット打ち上げのコストを下げるために、今、ロケットの再利用を計画しているの。人工衛星を打ち上げたロケットを地上に着陸させ、何度も使えるようにするのよ。でも、簡単なことではないわ。そこで、ロケットの着陸をＡＩで制御できないかと考え、そのＡＩを開発できる技術者を探しに、わたしは、今回、日本に来たの」

地球へ帰還してくるロケットの様子が天野の脳裏に描かれた。

そのロケットをＡＩで制御する。

キャサリンのオファーを受ければ、自分のＡＩを宇宙へ送ることができる。

天野の胸が高鳴った。

しかし、天野は目を閉じ、両手を握りしめて、その昂奮を鎮めようとした。

「いい話になりそうですね」

耳打ちすると、笑みを見せた倉永が止まり木から降りて、バーから出ていった。

倉永の背中を見送った天野は、バーボンを一気に流し込んだ。

大きく息を吐いて、この判断は間違いではないと何度も言い聞かせ、キャサリンの青い瞳を見据えた。

「民間宇宙開発の先頭を走るスペース・ジェネシス社で働くのは、技術者にとって名誉あることだと思います。でも、一〇〇万ドルを提示されても、ぼくは今の会社を辞めるつもりはありません。日本的だと嘲笑されるかもしれませんが、社長への恩義を忘れるわけにはいかないんです――ぼくの技術を評価してくれているのなら、その開発は、マルイ・ソフトとして請け負わせてください。それが不可能であるのなら、残念ですが、ぼくはスペース・ジェネシス社のロケットのＡＩを開発できません」

「わかりました。検討してみましょう――ところで、あなたの用件は？」

と訊かれ、天野は戸惑った。

ここでＨＯＫＵＴＯの件を出せば、キャサリンは態度を硬化させて、先ほどの話を白紙に戻してしまうかもしれない。

いや、そのことを考えるのは、やめておこう。先にマルイ・ソフトに話を持ちかけてきたのはＨＯＫＵＴＯだ。そちらとの仕事を優先すべきだ。

自分が出した答えに納得して、ひとつ、うなずくと、天野は切り出した。

「ぼくは、ＬＧＰの準備を進めているＨＯＫＵＴＯというところから、ＡＩの開発を持ちかけられました」

「そういうことね」天野が言いたいことを理解したのか、キャサリンもうなずいた。「ＨＯＫＵＴＯの探査車にＡＩを搭載することを認めなかったのは、わたしよ。それを再考して欲しいのね。でも、あなたにどんなに頼まれても、決定が覆ることはないわ――スペース・ジェネシス社は、宇宙への輸送を担う会社であって、ＬＧＰは、ロケットの技術をアピールする場なのよ。月面に一番乗りして、最初に五〇〇メートルを走りきって優勝する。それだけでいいの。もし、ほかの参加社がＡＩを搭載した探査車でボーナス・ステージをクリアすれば、せっかくの優勝が霞《かす》んで宣伝効果が薄れてしまうわ。それは避けるべき事態であり、その回避のためであれば、できることをすべてしてきたし、これからもするつもりよ」

「あなたには夢はないんですか？」

天野は金髪の女性を睨みつけた。

「夢？」

大袈裟なまでにキャサリンが目を大きくして肩をすくめた。

「そうです。探査車が自律走行で月面を走り、アポロ計画で残された機器を見つける。そこに夢を感じないんですか？」

「その夢を売れば、いくらの収益になるの？」

「お金の問題ではありません」

「いえ、お金の問題よ――昨日の夢は、今日の希望であり、明日の現実である」

「ゴダードですね」

天野は即座に応えた。

ロバート・H・ゴダード。一九二六年に液体酸素とガソリンによる世界初の液体燃料ロケットを打ち上げた人物である。

「かつて宇宙開発はロマンだった。それは認めるわ。でも、それは過去の話よ。時代は変わったわ。今、宇宙開発は現実なの。ビジネスなの。衛星軌道へ物資を打ち上げるビジネスは、今後、一ドル、いえ、一セント単位の熾烈《しれつ》な競争になっていくはずよ。そこには夢の価格なんて反映されない。気を抜けば潰《つぶ》される。だから、潰される前に相手を潰す。その現実があるだけよ――わたしは勝つためにプレイしているの」

「ときには妨害をしてでも？」

「一応、ＴＰＯはわきまえているつもりよ。まだ、ぎりぎりのところで留まっているわ」

キャサリンが止まり木から降りた。

「待ってください」

「まだ話したいことがあるの？　その話は、スペース・ジェネシス社にどれだけの利益を与えてくれるの？」

「それは……」

天野は口ごもるしかなかった。

「今の話とは関係なく、ロケットを制御するＡＩの件は検討します。それと、こちらが依頼する側ですから、ここの支払いは、わたしがしておきます」

キャサリンは事務的な口調で告げると、天野を見据えてきた。

「これは忠告よ。今後、ＬＧＰには関わらないことね。そんなことをすれば、わたしたちはひとりの有能なＡＩ技術者を潰すことになるわ」

キャサリンの口元に笑みが浮かんだ。しかし、そこに温もりはなく、天野は背中に冷たいものを感じた。

バーを出ていったキャサリンと入れ替わりで、倉永が戻ってきた。

「駄目でした」

隣に座った倉永から視線が逃げる。

天野はぽつりぽつりと状況を説明した。

「彼女にとって、ライバルは潰すものなのですね」倉永は目で合図を送ってバーテンダーを呼んだ。「ライバルとは、ともに競い、高めあうものだと思っていたのですが……」

「ライバル……」

天野は耳たぶをさすった。

「遅い時間ですが、もう少し飲みますか？」

倉永がジンのストレートをオーダーした。

「やめておきます。ちょっと気にかかることがあるので、これから会社に行きます」

「こんな時間に？　そうですか。あまり考えすぎないでください。キャサリン以外の幹部は別の考えを持っていて、彼女とは違う判断を下すかもしれません。それにより、探査車のＡＩの話が復活するかもしれませんよ」

握手を求められたが、天野はそれには応えなかった。

★

シンディ・ローパーの「トゥルー・カラーズ」の物悲しいギターの音で天野は目を覚ました。

会社に戻って取りかかった作業が一段落したところで、タイマー機能でこの曲が演奏されるように設定して、ソファに横になっていたのだ。

ひとつ大きく伸びをすると、天野は、丸井社長の趣味で設置されている休憩室のコーヒー・コーナーに赴いて、コーヒー豆を挽《ひ》き、ドリップした。

マグカップから溢れでる香りを愉《たの》しみながら、天野は自室に戻ろうとした。

「今日は早いですね。もしかして徹夜ですか？」

背後から丸井社長の心配そうな声がした。

「ソファで横になりましたから、かなり眠れています。大丈夫です」

「無理はしないでくださいね」

「わかっています。でも、昨夜は、じっとしていられなくなったもので」

天野は伸ばし放題の髪を搔いた。

「ＪＡＸＡさんから依頼されている件ですか？」

「ええ、そうです」

昨夜、天野のなかで、新種のウイルスを生成するＡＩを作るというアイデアがひらめいた。

さほど難しいことではない。

ディープマインド社のＡＩ、「アルファ碁」は、世界で初めて囲碁のトップ棋士に勝利した。

このＡＩの開発は、古いコンピュータ・ゲーム、「スペースインベーダー」から始まった。ＡＩにこのゲームを延々とプレイさせたのだ。最初は、ものの数秒でゲームオーバーになっていた。しかし、徐々にＡＩはコツを覚えていき、三〇分後には、ほぼゲームをマスターした。翌日には、ひとでは真似できないほどの高得点をたたき出すまでになった。

ＡＩは自分のプレイを学習のサンプルにしたのだ。

この学習方法を天野は応用した。

まず、ＡＩにウイルスの改造をさせる。それが作動するかをチェックした後、ウイルス対策ソフトで確認する。

最初は動かないものしか作れないＡＩは、改造の作業を繰り返し、それを学習のサンプルにすることで、動作するウイルスを作れるようになるはずだ。しかし、そのウイルスではウイルス対策ソフトを誤魔化すことはできないだろう。そこで、さらにＡＩは改造の作業を繰り返し、やがて、ウイルス対策ソフトに感知されないウイルスを作れるようになると天野は考えた。

この推測が正しければ、新種のウイルスを量産できるはずだ。

「新種のウイルスを検出できるＡＩの開発をＪＡＸＡから打診されたものの、サンプル不足という問題で頭を悩ませていたんです。ウイルスを量産するＡＩを開発できれば、この問題を解決できるはずです」

「そうですか。ウイルスを量産するＡＩと、ウイルスを検出するＡＩ、ふたつは、いいライバルになりそうですね」

丸井が相好《そうごう》を崩す。

顧客との打ち合わせに同席することでＡＩに対する造詣《ぞうけい》を深めてきている丸井は、量産ＡＩがなにを担うのかを理解したのだろう。

ライバルの存在によりスポーツ選手が互いを高めあうように、ＡＩもライバルの存在により性能を高める。

量産ＡＩが作ったウイルスを検出ＡＩが見抜けなければ、検出ＡＩは、それを見抜けるように進化する。そうなると、量産ＡＩは、検出ＡＩに見抜かれないウイルスを作るために、さらに進化する。コンピュータは眠らない。ふたつのＡＩは、ひたすらに進化を続けていくことになるのだ。

ライバル。それが昨夜のひらめきの源だった。

キャサリンにとってライバルは潰すものだった。一方で、ライバルは高めあうものだと倉永は語った。

ライバルは潰す、というキャサリンの思考の根底には、宇宙開発は現実であり、ビジネスであるという思想がある。そして、その思想を、宇宙開発を担う企業の技術担当役員が持っていることが天野には衝撃だった。

宇宙開発はビジネス。

それが現代においては真理なのだろうか。

天野には受け入れがたかった。

ＨＯＫＵＴＯの件の復活が絶望的になったことでの怒りや落胆といった感情を、仕事に没頭することで封印しようとしたのかもしれない。しかし、宇宙開発にはまだ夢があるとの思いが思考を突き動かし、ひらめきを導きだしたように思えてならなかった。

「どっちが江夏豊《えなつゆたか》で、どっちが王貞治《おうさだはる》なんだろうね」

丸井がボールを投げる仕草をした。

「だれですか？」

「知らない？　人気も実力もすごかった野球選手なんだけどなあ――とりあえず、体調には気を配ってくださいよ」

丸井に優しく背中を叩かれて自室に戻った天野は、デスクに着くと、マグカップを口に運びながらテレビ会議用のソフトを立ち上げ、関東理科大学の理工学部情報工学科の研究室との回線を開いた。

学生たちを指導するためのものではあるが、早朝から教鞭《きょうべん》をとるわけではなかった。

昨夜、ウイルスを量産するAIのプロトタイプを完成させたところで、天野は問題に突き当たった。

AIを学習させるためのコンピュータがなかったのだ。

マルイ・ソフトでは、いくつものAIの開発が同時進行している。それらのAIに学習させるためには、膨大な計算資源が必要で、AI学習用のコンピュータのスケジュールは、売れっ子アイドルさえも足元に及ばないほどに、びっしりと詰まっている。

そこで天野が目をつけたのが、関東理科大学の情報工学科のコンピュータだった。

当初の予定では、すでに関東理科大学の人工衛星は高度五〇〇キロの衛星軌道を周回していて、そこから送られてくるデータを情報工学科のコンピュータは、日々、解析しているはずだった。しかし、実際には打ち上げの延期が重なり、解析すべきデータは送られてきていない。

昨夜、テレビ会議の回線を開いたところ、学生の日向がひとり、研究室に残って卒業論文を書いていた。彼に確認して、情報工学科のコンピュータが空いていることを聞き、そちらでウイルスを量産するAIの学習をさせておいたのだ。

「論文は進んでいますか？」

コンピュータの前で腕を組んで難しい顔をしている日向に、テレビ会議を通じて天野は声をかけた。

「あ、先生――」

その呼び方を注意しようとしたが、徹夜明けの学生に口やかましくするのは気が引け、天野は自重した。

「徹夜したのに、一〇行ほどしか進んでいません。おれ、理系だから、こういうのに向いていないんですよ」

机の隅に置いてあった地球儀を日向が弄《もてあそ》ぶ。

「頭のなかのイメージを言葉にする、頭のなかのイメージをコンピュータのプログラムによって実現する、このふたつの作業には、さほど差はないように思いますよ。なにより、プログラムのほうが難易度が高いはずです。文章だと、誤字、脱字が少々あっても、ほとんどの場合、意思は伝わります。しかし、プログラムでは、わずかな間違いで計算が止まる、あるいは、まったく予期していなかったことが出力されますからね」

「そうなんですけどねえ――あ、昨夜のＡＩのことですよね。すぐに確認します」

日向がほかのコンピュータ画面をのぞき込む。

「問題なく動いているようなら、それでいいんですよ」

「大丈夫です。動いています。あれ？　なにか、出力されていますよ。そっちに転送しましょうか？」

「いえ、こちらから操作しますから、論文に戻ってください」

天野は日向にＡＩの詳細を伝えていなかった。

出力されたのは、ウイルスであろう。上手く作動するものが生成されていて、それを不用意に扱ってしまえば、研究室内のほかのコンピュータが感染し、そこから被害が拡大してしまうかもしれない。

ウイルスに感染してしまう前提で検証用に準備しておいたコンピュータから研究室のコンピュータに接続し、天野はＡＩの産物を受け取った。

データを受信したコンピュータに入れてある種々のウイルス対策ソフトに反応はなかった。

「さて、どっちなんだ？」

天野はひとりごちた。

生成されたのがウイルスもどきで、まったく脅威がないものかもしれない。あるいは、ウイルス対策ソフトでは対応できない新種のウイルスかもしれない。

ウイルスの中身を確認する。

どうやら時限式となっていて、指定した時刻になると作動するようになっているようだ。

天野はその時刻を入力し直し、ウイルスが作動する瞬間を待った。デジタル式の腕時計の表示を見やる。

「三、二、一……」

検証用のコンピュータに異変が起こった。

画面の左側から文字が流れ込み、右へと次々に転がっていく。やがて、文字たちは円を描くような動きを見せ始めた。

「なんですか、それ。まるで、つむじ風じゃないですか」

テレビ会議の画面から、日向の仰天した声が飛び出てきた。

天野はそれに応えることなく、ＡＩの産物の動きを注視し続けた。円を描く文字で画面が覆い尽くされる。そして、その文字たちが一斉に四方に散り、コンピュータは動かなくなった。

「よしっ」

つぶやきがこぼれた。握られた拳がゆっくりと上下した。

前夜に作ったＡＩは、あくまで実験用のプロトタイプだった。それなのに、ひとつだけではあるものの、わずか一晩で新種のウイルスが生成された。このＡＩを改良すれば、ウイルスを量産できるはずだ。そして、量産されたウイルスで学習することで、新種のウイルスを検出できるＡＩを作れるはずだ。

そこまで思考を進めたとき、目の前の脅威に天野は気づいた。

関東理科大学のコンピュータで動いているＡＩを放置していては、次々にウイルスを生成してしまう。それがなんらかの事故で研究室から漏れ出れば、既存のウイルス対策ソフトでは対応できないウイルスが世界へ拡散してしまう。

天野は、関東理科大学のコンピュータで思考を続けていたＡＩを慌てて遠隔操作で止めた。そして、実験データをマルイ・ソフトに転送し、ＵＳＢメモリに保存して隔離すると、ウイルスが残ってしまわないよう、慎重に関東理科大学のコンピュータのＡＩとデータを消去した。さらには、学生たちが面白がって消去したデータを復元してしまって事故にならないよう、専用のツールを使って、跡形さえも消し去った。

「先生、もしかして、さっきのはウイルスですか？」

日向がテレビ会議の画面のなかで心配そうな目をした。

「安心してください。研究室で感染が広がっていたわけではありません」

日向に状況を説明すると、天野はすぐに開発状況を報せるメールを作成した。

イシュタル・システムを共同開発している東京電算へそのメールを送信した天野はマグカップを手にした。

軽い。

すでに飲み干してしまっていた。

もう一杯、と思い、コーヒー・コーナーへ向かおうとしたとき、扉が開いた。

「きみにお客さんですよ」

扉の隙間から顔を出した丸井社長が少しおどけて敬礼した。

敬礼をするような人物が訪ねてきたということだろうか。

心当たりがあるのは、自衛官である倉永だが、昨夜、会ったばかりだ。

それなのに、なぜ、こんな朝早くに……。

天野の頭の上に疑問符がふわりと浮かんだ。


来客は、倉永の上官、佐藤康彦二佐だった。

「任務の関係で、こんな時間に約束もなく突然にうかがうことになってしまい、申し訳ありません――受付かどこかに言付《ことづ》けるしかないと思っていたのですが、天野さんがすでに出社されていて、よかった、よかった」

ビデオがスロー再生されているのかと思えるほどにゆっくりと話す佐藤の姿は、自衛官という言葉が持つイメージの対極にあった。

いくら勧めてもソファに座ることなく天野のデスクの前で直立の姿勢を崩さないのが、自衛隊の制服以外で、唯一、自衛官らしく思えるところだった。

倉永の言葉に嘘はなかったと天野は実感していた。

まさに昼行灯であった。

このような人物がハイブリッド・ロケットＪＩＮ－１の打ち上げを妨害するなど、到底、思えない。

しかし、同時に、このひとに疑いを向けておけば弁明できないだろうから、自分は安泰だとの真犯人の思考が推測できた。

「天野さんには救われました。いくらお礼を重ねても足りません」佐藤は何度も頭を下げた。

「自衛官も公務員ですから、本当はこういうのはまずいのですが、どうか、お受け取りください」

佐藤が菓子折りらしき包みを差しだしてきた。

断ったほうがいいのかもしれない、との思いが頭をよぎった。しかし、この佐藤が相手では、押し問答が際限なく続く未来しか見えず、遠慮なく、と天野は受け取った。

「倉永さんがここを訪ねてきたことで、ぼくは再調査に踏み出しました。あれがなかったら、佐藤さんは、まだ疑われ続けていたかもしれません」

「倉永一尉にも感謝しています。彼のような優秀な部下を持って、誇りに思っています」

佐藤の口が滑《なめ》らかになり、有能な部下を自慢した。

情報保全隊の歴史は、自衛隊の前身、警察予備隊の時代に遡《さかのぼ》る。

調査隊として昭和二七年九月に要員募集が始まり、その年の一一月に第一次の編制を完結し、陸上、海上、航空、それぞれの自衛隊に情報保全隊として設置されたが、平成二二年、統合される。

この改編の際、倉永は情報保全隊に入り、初めて防諜に関わることになるのだが、早々に、当時開発中だった陸上自衛隊の主力戦車、一〇《ひとまる》式の射撃統制装置の機密を持ち出そうとした自衛官を摘発した。

それ以降も、多くの実績をあげ、そのいくつかはニュースになって報道されたと、まるで自分のことのように佐藤は胸を張った。

「彼は血筋も一流ですが、それに負けない実績です」

「血筋もすごいんですか？」

「三代も続く政治家の家系です。父親はすでに引退していて、お兄さんがその跡を継ぎ、今や、若くして副大臣にまでなられています。おっと、長話をしてしまいました。お仕事の邪魔をしてはいけませんから、これで失礼します。この度は本当にありがとうございました。天野さんになにかがあれば、万難を排して馳《は》せ参じます」

昼行灯の口調には、わずかではあるが、戦う男の片鱗《へんりん》が漂っていた。

「なにかがあれば、と言われても……」

そのような事態を想像できず、天野は返す言葉を見つけられなかった。

「大船に乗ったつもりでいてください。わたくしは戦闘のプロです。一応、レンジャー徽章も持っています。どんなことがあっても、助けに向かいます」

「すごい。すごいですよ」

唐突に日向の声が割り込んできた。

おい、とテレビ会議のカメラに向かって睨みつけると、すぐに天野は、申し訳ありません、と佐藤に謝罪した。

「研究の指導をしている学生とさっきまでテレビ会議で話していたもので、その回線が繋がったままでした。学生が盗み聞きのようなことをしてしまって、本当に失礼しました」

「いえいえ、気にしないでください――きみも悪気があったわけではありませんよね」

日向に話しかけたいものの、カメラの位置がわからないのだろう、佐藤が視線を右往左往させた。

天野は、こちらです、と自分に向いていたカメラを佐藤に向け、日向に謝罪するよう促した。

「すみませんでした。おれ、論文を書いていたから、話はほとんど聞いていなかったんです。でも、レンジャーって耳に入ってきたんで、つい……」

「日向くん、レンジャーを知っているんですか？」

「中学の同級生が自衛隊に入っていて、そいつから聞いたことがあります。レンジャーって、サバイバルや戦闘の過酷な訓練を受けた一流の戦士なんですよ。訓練の仕上げは、四日間、一日一食、一時間だけの睡眠で道のない山中を四〇キロもの荷物を背負って進むんです。意識が朦朧《もうろう》となって、言動がおかしくなるひとも出てくるそうです。そんな過酷な訓練を乗り越えたひとが助けてくれるって言うのなら、百人力ですよ」

「でも、助けが必要な事態なんてものには無縁ですし、なったとしても、そんなときには連絡のしようがありませんね」

「そんなときには、おれが連絡しますよ」

「それであれば——」佐藤がカメラに向けて名刺を掲げた。「学生さん、見えていますか？　天野さんにもしものことがあれば、必ず連絡してくださいよ。あ、携帯電話の番号もあったほうがいいですね」

名刺に番号をメモして、再度、カメラに向けて掲げた。

「任せてください。それよりも、レンジャーさん、先生のこと、しっかり守ってくださいよ」

ふたりの会話を遮るかのように、デスクの上の電話が鳴った。

「どうぞ電話に出てください。わたくしはこれで失礼します」

と、折り目正しい礼をして、佐藤が退出し、日向は、論文の続きを書くからと、テレビ会議の回線を遮断した。

「よかった。もう、会社に出ていたのですね」天野が手にした受話器から、星原の声が飛び出してきた。「お願いですから、いつでも連絡が取れるように携帯電話の契約をしてください」

「こうして連絡が取れているんですから、携帯電話なんて不要ですよね」

「まあ、そうですけど……」

「で、ご用件は？　携帯電話のセールスですか？」

天野は口角をかすかに上げた。

「そんなことで朝から電話しません。わたしは打ち上げのリハーサルの準備で忙しいんです——単刀直入にお願いします。天野さん、協力してください」

「協力？　調査の協力ですか？　調査に関わるなと、昨夜、言ったのは、あなたじゃないですか。これでは、朝令暮改ならぬ、暮令朝改ですよ」

星原から協力を要請されて、天野の胸は高鳴っていた。しかし、それを見透かされたくなくて、つい憎まれ口をこぼしてしまい、苦笑いを浮かべた。

「そのことは謝ります。どうか忘れてください。あなたが必要なのです。JIN－1の打ち上げを成功に導けるのは、あなただけです。水川さんに力を貸して、JIN－1を守ってください」

星原の切迫した声が天野の口を黙らせた。

第六章

「まずはこれを見てください」

　ＪＡＸＡの調布の小さな会議室で、水川が天野にノート・パソコンの液晶画面を向けてきた。

──指示通り、調布のスーパーコンピュータ棟の一階に発火装置を仕掛けた。これでＪＩＮ－１の打ち上げリハーサルを中止に追い込めるはずだ。

　との文字が並んでいる。

「一昨日、資料室のコンピュータから復元されたリストの場所をまわりましたよね。あの一番目の公園でわたしが怪しい人影を見たのを覚えていますか？　そこを昨日、調べたところ、ＵＳＢメモリが落ちているのを見つけました」

　水川の早口が押し寄せてきた。

「そのなかに、この文書が保存されていたと？」

「ええ、そうです」水川が長い黒髪を掻き上げ、小さくうなずいた。「一晩中、スーパーコンピュータ棟の一階を調べましたが、怪しいものは見つかりませんでした──ＪＩＮ－１の打ち上げと、そのリハーサルで、調布のスーパーコンピュータは重要な役割を担っています。しかし、仮に一階で火災が起こっても、すぐに消火すれば、スーパーコンピュータは三階にあるので影響はなく、リハーサルが中止になるとは思えません。ですから、犯人が狙っているのは通信回線ではないかと疑っています」

水川の説明に天野はうなずいた。

ＪＩＮ－１の打ち上げで導入されているオート管制システムでは、各種のデータの解析は調布のスーパーコンピュータで行われると天野は再調査の際に聞いていた。

通信が途絶して、スーパーコンピュータと種子島の管制室の間でのデータ転送が止まれば、打ち上げは中止するしかなくなる。それは、本番に近い形でデータ転送をしているリハーサルでも同様である。

「ここでは、いたるところに床下配線が走っています。そのどこかに仕掛けられていると思うのですが、床下配線の点検口を開けて調べてまわっても不審物は見つかりませんでした。ですから、なんらかの方法で床下配線の奥に発火装置が仕掛けられたのではないかと推測しています。そこで、星原さんと相談して、あなたに協力を求めることにしたのです」

「これを使えば、スーパーコンピュータ棟の床下配線を隅々まで調べられると考えたんですね」

天野は、大人の拳ほどの大きさしかない車を鞄から取り出した。

共同溝などの検査のためにマルイ・ソフトが開発している自律走行ロボットのモーグラーである。

「それにしても、よく、うちのモーグラーのことを知っていましたね。光栄です」

「マスコミに取り上げられていましたからね――スーパーコンピュータ棟には一般のひとは入れないのですが、天野さんが自由に入れるよう、手続きはすでに済ませています」

「そういうことですか……」

天野は腕を組んで虚空《こくう》を見やった。

「モーグラーでは難しいのでしょうか?」

「この小ささですから、床下配線の溝やパイプでも入り込めるはずです。ですが――」

「ですが?」

「はたして調べていいものなのか、迷っています」

「JIN-1のリハーサルが中止になってもいいのですか」

尖った声とともに、ノン・フレームの眼鏡の奥から刺々《とげとげ》しい視線が飛んできた。

「リハーサルの妨害は阻止しなければなりません。しかし、これを真に受けていいのか、逡巡しています」

天野は、ノート・パソコンが表示している文書を指さした。

「実は、ぼくもリストの場所は調べ直すべきだと思っていました」水川の視線から顔を背《そむ》けて天野は続けた。「そこに、犯人の手がかりになるものが落ちているかもしれませんからね。でも、この文書は、あからさますぎるように思えるんです」

「罠だと?」

「そうです。資料室のコンピュータにアクセス・ログの異常があることを見つけなければ、佐藤さんが疑われることはありませんでした。復元したリストの場所をまわってUSBメモリを見つけることがなければ、星原さんに嫌疑を向けることもなかったでしょう。ですから、この文書を発見したことで、だれかが新たに容疑者に仕立て上げられるのではないかと心配なんです」

「そのことは、わたしも考えました」

「それだけではありません」天野は水川を見据えた。「あえて言いますが、そもそも、この文書が入っていたUSBメモリは、本当に犯人が落としたものなのでしょうか？」

「では、だれが落としたのですか？」

水川も天野を見据えてきた。

「だれも落としていないのかもしれません」

「意味がわかりません」

「あなたが犯人であり、ぼくを罠にかけるために、拾ったと嘘をついているとも考えられます」

「まだ、わたしを疑っているのですか？」言葉は疑問形であったが、声は批難していた。「リストの場所をまわったとき、わたしを信じると言ったのは、あなたですよ。あれを撤回するのですか？」

「あのときは、リストについて嘘をついていなかったので、あなたを信用しました。でも、USBメモリを見つけ、星原さんを疑うことになり、さらには、それが罠だったと気づいたことで、状況は変わりました。あなたが犯人であっても、リストを隠すことはないんです。逆に、星原さんに疑いを向けるために、あのリストのことを積極的に喧伝するはずです」

水川がなにかを言おうとしたが、天野は手で制して、言葉を継いだ。

「あの夜、あなたは、ぼくと落ち合う前に、星原さんの宿泊先のホテルに電話をして、身を隠すことを促すメッセージを残したのかもしれない。あの日、ぼくが連絡していなければ、あなたから電話をかけてきて、調査への同行を求めてきたかもしれない。あるいは、ほかのだれかを誘ったかもしれない。そして、最初の公園に怪しい人影などなく、スーパーコンピュータ棟が狙われているという文書が見つかったという嘘をあとでつくために、ぼくを騙《だま》したのかもしれません」

「想像力がたくましいのね」

水川の口角があがった。しかし、彼女の表情は笑ってはいなかった。

「ですから、できるものなら、今回の調査はあなた以外のひとと進めたいと、星原さんにはお願いしたんです。疑わしい四人のなかで、まだ面識のないひとを観察する機会にもなると思い、システム部の部長の小林さんの名前を出しました。でも、都合がつかないと、断られました——疑心暗鬼のなかを彷徨《さまよ》って、真実が見えていないのかもしれません」

「それで、これは嘘だと決めつけて、なにもしないつもりですか？」

発火装置を仕掛けたとの文書を表示しているノート・パソコンを水川が天野の前に突き出してきた。

「モーグラーは試作品で、動かすには複雑な手順が必要です。ですから、ぼくが操作するしかありません。ぼくがモーグラーを設置しているとき、その様子を犯人が監視していたら、どうするでしょうか？　発火装置に遠隔操作の機能があり、それを作動させたら、どうなるでしょう？　一般のひとが入ることができないスーパーコンピュータ棟に部外者のぼくがいれば、真っ先に疑われるのではないでしょうか？」

「そのようなことはありません。わたしが弁護します。わたしを信頼してください」

水川が身を乗り出してきた。

「あなたが犯人でなく、誠心誠意、ぼくを弁護してくれても、疑念は残ります——発火装置など最初からなく、偽の文書をあなたに見つけさせることでスーパーコンピュータ棟に入り込み、発火の機能を追加したモーグラーで放火し、通信回線を切断して打ち上げを妨害する計画だったのだ、とぼくに疑いを向けてくるひとが絶対に出てきます」

「考えすぎです」

「考えすぎかもしれません。でも、とことん考えるべきなんです。これは犯人との知恵比べだとぼくは感じています。犯人の思考の先を読まなければ、負けてしまうんです」

「あなたの考えは理解しました。しかし、たとえ、あなたがわたしを疑っていたとしても、モーグラーを使って発火装置を探してくださいと頭を下げるしかありません。発火装置が本当にあり、それが作動すれば、リハーサルは中止となり、打ち上げは延期になるでしょう。その結果、商業ロケット市場でのＪＩＮ－１の評価が下がり、プロジェクトは一号機だけで終わるかもしれません。それは、どうしても避けたいのです。プロジェクトが動きだして、一五年。世界に先駆けたハイブリッド・ロケットの開発には、様々な難問があったと聞いています。多くの技術者の苦労がやっと報われようとしているのです」

「わかりますが……」

天野は苦い表情を返した。

「それだけではありません。ＪＩＮ－１の打ち上げを見ることなく、夢半ばでＪＡＸＡから去ったひともいると、以前、あなたに話しましたよね？」

と訊かれ、天野は、はい、とだけ答えた。

「なぜ、去っていったのか、わかりますか？」

「定年退職とか、家庭の事情による転職でしょうか？」

「それだけではありません。亡くなった方もいます」

「それとＪＩＮ－１は関係――」

「あるのです」水川の声が割り込んできた。「ＪＩＮ－１という名前の由来を知っていますか？」

天野は、いいえ、と首を振った。

「ＪＡＸＡは、二〇〇三年にＩＳＡＳ《アイサス》――文部科学省宇宙科学研究所、ＮＡＬ《ナル》――独立行政法人航空宇宙技術研究所、そして、ＮＡＳＤＡ《ナスダ》――特殊法人宇宙開発事業団、この三つが統合して生まれました。固体燃料式のＩＳＡＳ、アメリカから技術供与を受けた液体燃料式のＮＡＳＤＡ、このふたつの流れのなかで育まれた技術が融合してハイブリッド・ロケットは完成しました。ＪＩＮ－１のＩはＩＳＡＳ、ＮはＮＡＳＤＡであり、ふたつの技術がＪ、ＪＡＸＡのもとでひとつになったという意味がこの名称には込められているのです」

「ふたつの流れが合わさることで、相乗効果が生まれたんですね」

「それが理想だったのでしょうけど……」水川は遠い目をした。「それまで別の組織だったものが簡単に一枚岩になることはなかったようです。作業の進め方にしても、わずかな差があり、その積み重なりが不協和音となっていたそうです。そこで、当時はまだ名称が決まっていなかったこともあり、新型エンジンをＪＩＮと呼んでプロジェクト内の壁を乗り越える動きが始まりました。その旗振りをしたのがサブ・リーダーの土井垣《どいがき》さんでした。ですから、ＪＩＮ－１という名前を聞くたびに、わたしは土井垣さんを思い出します。プロジェクトのメンバーだけでなくＪＡＸＡの多くの職員も同じだと思います」

「その土井垣さんが亡くなったんですか?」

天野はしんみりとした声で訊いた。

「わたしがJAXAに入って五年目だったと記憶しています。一二年前、交通事故で亡くなりました。プロジェクト内の不和による心労と過労が原因だとわたしは思っていますし、多くの技術者も同様に感じていました。だからこそ、土井垣さんの死を忘れないとの思いから、JINという名前が定着し、徐々にプロジェクトは前に進み始め、その名前がハイブリッド・ロケットに引き継がれたのです。JIN-1完成の最大の功労者は土井垣さんです。土井垣さんのためにも、絶対にJIN-1のプロジェクトは成功させないといけないのです。お願いします」

水川が深く頭を下げた。

土井垣を天野は知らない。

しかし、土井垣、水川、ふたりと同じくらいにJIN-1を成功させたいとの思いが天野にもある。

今回の打ち上げが延期になれば、関東理科大学の人工衛星XAIは、宇宙へ行くチャンスを逃してしまうかもしれない。そのような未来は絶対に受け入れられない。

妨害計画が本当に進んでいるのに放置してしまえば、リハーサルは中止になってしまうだろう。

しかし、計画を示唆する文書に罠が潜んでいて、その結果、だれかを疑うことになるかもしれない。そして、その隙に、犯人は本番の打ち上げに向けて妨害の準備を進めるかもしれない。

どうすればいいのだ。

天野の指先が額を叩いた。

考えろ。犯人の思考に負けるな。

様々なアイデアが浮かんできては、それでは駄目だと、天野は否定し続けた。

★

ＪＡＸＡの調布内、展示室のスペース・ミッション・シミュレータの大きな筐体《きょうたい》の前に掲げられている説明文を、天野は興味深そうに読むふりをしていた。

右手を突っ込んだままにしているパーカーのポケットには、モーグラー――マルイ・ソフトで開発中の共同溝検査用ロボットと、その付属装置が隠されている。

発火装置を仕掛けたという文書は罠かもしれないと警戒した天野は、犯人の思考の先を行くアイデアをひねり出した。

もし罠であれば、犯人はスーパーコンピュータ棟のどこかで監視しているはずだ。その裏をかいて密かにモーグラーを床下配線のパイプに潜り込ませることができれば、犯人に察知されることなく発火装置の有無を確認できる。

航空、宇宙に関する資料を公開している展示室なら、自由に出入りできる上、目立つことがないので、犯人を欺《あざむ》けると天野は確信していた。

展示室は、スーパーコンピュータ棟とは別の建物のなかにある。天野からこのアイデアの説明を受けたとき、モーグラーがスーパーコンピュータ棟に辿り着けるのかと水川は疑問を呈《てい》したが、無用な心配だった。

モーグラーの四角いボディには、それぞれの頂点から八方に足が伸び、その先に車輪がついている。この足を踏ん張るように押し広げることで、縦坑《たてこう》の上り下りができる。この能力と、溝やパイプがどのように張り巡らされているかを確認、推察できるＡＩにより、モーグラーはＪＡＸＡの調布構内の隠れた部分をくまなく探索することができるのだ。

平日の昼間とあって、展示室には来訪者は数人しかいないものの、警備員の姿もあった。

悪いことを企んでいるわけではないのに、ここに足を踏み入れてから、ずっと天野の心臓は暴れていた。

落ち着け。落ち着くんだ。

なにかの作業が予定されているのか、展示室の入り口には、翌日の一般公開は午前中だけだとの看板が立っていた。公開の制限が一日ずれていたら、モーグラーをどこから入れるかで、頭を悩ませるところだった。

運の流れはいい。上手くいくはずだ。

天野は胸の奥でつぶやいた。

平静を装う天野の視線が床を走る。

水川が図面で確認した通りだった。

スペース・ミッション・シミュレータの傍らに、床下配線の点検口があった。

無造作に伸びている髪を掻き上げながら天野は周囲を見渡した。

だれの視線も天野には向けられていなかった。

天野からかなり離れて、水川がＪＩＮ－１に搭載されているハイブリッド・エンジンの模型の前で腕を組んでいる。

水川と視線があった。

天野は小さくうなずいた。

「ちょっと、よろしいでしょうか」

水川が警備員を呼んだ。

防犯カメラの位置を警備員に確認する芝居を始めた水川に、なにごとかと来訪者の視線が集まっている。

天野はかがみ込んで、靴の紐を直すふりをした。

足のすぐ横には床下配線の点検口がある。

それは一〇センチ四方ほどの蓋《ふた》になっていて、簡単に開いた。

蓋の下には、通信用のケーブルだけでなく、電源ケーブルも走っていた。天野はその隙間にモーグラーと付属装置を入れた。

モーグラーは、地中の配管内の検査を想定して開発されている。そのようなところでは、無線の電波が届かないこともある。そのため、中継用の付属装置が不可欠になる。通信用のケーブルを伸ばしつつモーグラーは進む。そのケーブルを経由して送られてくる映像データ等の情報を付属装置が中継して、作業用のコンピュータに送信するのだ。

付属装置にある五つのボタンのうち、両端を天野の指先が押し込む。

このモーグラーはプロトタイプのため、使い勝手が悪く、操作には複雑な手順が必要となっている。

天野の指先が手順通りに進み、モーグラーの車輪が回転して、準備が整ったことを伝えてきた。

最後に、再び両端のボタンを押し、モーグラーをスタートさせた。

モーグラーがコトコトと闇のなかへと消えていくと、天野は点検口の蓋を閉じ、立ち上がった。

「わかりました。わたしの勘違いでした。それでお願いします」

恐縮しきっている水川に背を向け、天野は急ぎそうになる足を自制しつつ、さりげなさを装って展示室をあとにした。

建物の外へ出ると、大きく息を吐き、空を見上げた。

鈍色《にびいろ》の雲が太陽を隠していた。

★

ＪＡＸＡの厚生棟内の食堂で天野の前に置かれたハヤシライスの皿は、まったく手をつけられないまま温もりを失いつつあった。

皿の横のノート・パソコンには、モーグラーから送られてくる映像が表示されている。不審なものは見当たらない。

天野の視線が腕時計に向けられる。

すでに一三時五七分になっている。あと三分でハイブリッド・ロケットＪＩＮ－１の打ち上げリハーサルが始まる。もし、スーパーコンピュータ棟の一階に発火装置が仕掛けられているのなら、三分後には通信ケーブルが焼かれて断線し、打ち上げリハーサルは中止になってしまう。

「その表情からして、まだ見つかっていないのですね」

打ち合わせがあるからと別行動をしていた水川が戻ってきて、天野の向かいの席に座った。

「このままでは時間切れになってしまいます」

苛立ちが天野の表情を歪ませる。

「今さらじたばたしても始まりません。発火装置なんて、ないのかもしれません。あったとしても、午後二時ジャストに発火装置が作動するとは限りません」

「その根拠は？」

「リハーサル開始直後でも、終了間際でも、データが止まってしまえば、そこでリハーサルは失敗です。すなわち、リハーサルが行われている二四時間のどこかで発火装置を作動させればいいのです。わたしが犯人なら、夜、ひとが減ってから作動させます。火災の発見と消火が遅れて、ケーブルを焼き切る時間を稼げますから」

たしかに、とうなずいた天野は、気を取り直してスプーンを皿に伸ばした。

「ところで、なんの打ち合わせだったんですか？」

「展示室の入り口に立て看板がありましたよね」

「明日の展示時間についてのですか？」

翌日の展示室の一般公開は午前中だけだと書かれた看板を思い出しながら、天野は首を傾げた。

「ええ。明日、午後一時から文部科学大臣の視察があって、展示室の模型を使ってＪＩＮ－１のエンジンの説明が行われるのです。視察にあたって、防犯カメラに顔認証システムを導入できないかと文科省からＪＡＸＡに打診があり、その打ち合わせでした。今夜、システムをアップデートすることになりました。ですから、展示室で防犯カメラの位置について警備員に声をかけたのは、いかにも明日の大臣視察を前にしての現場確認に見えて、絶好の芝居だったのです。それよりも、モーグラーの様子は？」

水川が回り込んできて、ノート・パソコンをのぞき込んだ。

「今、モーグラーが丁字路を曲がっていきましたよ。なにも操作していませんよね？」

ノート・パソコンと天野の間で、水川の視線が困惑しながら往復する。

「ぼくの代わりにＡＩが操作しているんです。こんなのは序の口です。モーグラーの技術の先にあるのは、ＡＩによる惑星探査です。月や惑星を探査するとなると、画像を自分で解析して、山や谷を迂回する安全な経路を探しながら進む技術が必要です。マルイ・ソフトでは一〇年にわたって研究と錬磨を積み重ねています」

「一〇年……。その間、あなたは、ずっと民間の立場で宇宙へと夢を膨らませ続けていたのですか？」

「一〇年ではありません。中学生のときからですから、二〇年が目の前です」

「そんなに宇宙が好きなのに、なぜ、ロケット工学を学んで、そのまま宇宙開発の世界に飛び込んでこなかったのですか？」

「間違った道を選んでしまったかもしれないと後悔したこともありました。でも、今は情報工学を学んだのは正解だったと確信しています。ＡＩは大きく進化しました。これからは、さらに進化するはずです。ひとの代わりにＡＩが宇宙で自律的に探査する未来は、すぐそこにあります」

「たしか、今回、ＪＩＮ－１で打ち上げられる関東理科大学の人工衛星ＸＡＩが送信してくるデータの解析にあなたのＡＩが採用されていましたよね。しかし、残念ながら、そのＡＩは地上にあって、まだ宇宙には出られていないわ」

水川が小さく首を振った。

「ぼくにとっては大きな一歩です。やっと、宇宙開発に関われたんです。ＸＡＩにより、宇宙に大きく近づくことができるんです」

天野は胸を張った。

「でも、現状、あなたのＡＩが宇宙へ飛び立つ見込みはありません」

水川が悲しそうな目をした。

「だれかが種を蒔《ま》き、ほかのひとが引き継いで育て、そして、ほかのだれかが収穫する。科学とか技術って、そういうものだと思います。収穫するひとになる、そこにこだわるつもりはありません」

と、スプーンを口に運んだ。

こういったところの食事に期待などしていなかったのだが、逆の意味で見事に裏切られた。深みのある甘みが口一杯に広がる。

思わず口元が緩んだ。

「そういえば、イシュタル・システムで新種のウイルスを検出できるようになるかもしれないので、打ち合わせをしたいと連絡が入っていました。それもＡＩ技術によるものでしょうか？」

「ええ、そうです。ここに来る前に、東京電算に立ち寄って、データを渡しておきました」

そのデータにはウイルスも含まれている。そのため、些細な事故で感染してしまうリスクを少しでも下げるために、電子メールで送信するのではなく、ＵＳＢメモリに保存して届けておいたのだ。

「わたしはＡＩにほとんど関わってきませんでした。最前線では、そこまで技術が進んでいるのですね。正直、驚いています。でも、大丈夫なのですか？」

水川が口元に指先をやった。

「ＡＩが人類を支配するとか？」

天野の問いに、水川が不安げな表情を見せて、うなずいた。

「かつて、将棋ＡＩソフトの開発者たちは、自分たちが開発したソフトとプロ棋士との対局を切望しました。なぜだかわかりますか？」

「わかりません」水川が小さく肩をすくめた。「プロに勝って、そのソフトの宣伝にするため、とか？」

「違います。自分が開発したソフトが開発者の棋力を超えてしまったので、正しい方向で開発ができているのか、わからなくなったからです。その検証をしたかったんです。将棋ソフトであれば、間違った手を指しても世界が変貌することはありません。しかし、社会のシステムではどうでしょうか？　ＡＩが出した答えだからというだけで、自分たちでは検証できないことを実施できますか？　少なくとも、今の人類はそこまで愚かだとは思いません。ですから、車の自動運転にしても、慎重に実証実験を繰り返しているんだと思います。ひとの叡智《えいち》を超えたＡＩがひとを裁くといった社会は、フィクションでしかないと思います」

　水川が小さくうなずいているなか、天野の視線がノート・パソコンの画面に吸い込まれた。

「どうしました？」

「見つけました」声が跳ねた。「これに違いありません」

　画面には丸い影が映っていた。その球体には、結束バンドのようなもので、なにかが固定されている。

「これはどこですか？　わかりますか？」

「ちょっと待ってください」

　水川に訊かれ、天野はノート・パソコンを操作した。

　モーグラーは、カメラの映像とともに、自分がどの方向へどれだけ移動したかといった情報も送信している。その情報と地図を照らし合わせれば、モーグラーの現在位置を把握できる。

「ここですね」

　画面に表示されている地図上で赤く点滅している点を指さす。

「スーパーコンピュータ棟ですね。昨日、床下配線の点検口の蓋を開けて確認したときには、なにもありませんでした。多分、すぐには見つからないように、奥に仕掛けられているに違いありません。形状からして、転がして入れたのでしょう。ひと目がない隙に一瞬でできますからね。しかし……」

　水川が腕を組んで表情を渋くした。

「なにか問題でも？」

「見つけただけでは、なにも解決していません。あれが本当に発火装置なら、このままでは作動してしまいます」

「回収すればいいだけです」

「発火装置は遠隔操作で作動するようになっていて、犯人は近くで監視しているかもしれません。もしそうなら、回収しているところを見た犯人は、その時点で作動させるはずです。こっそりと持ち出せればいいのですが」

「こうすればいいんです」

天野はノート・パソコンを操作して、モーグラーのロボット・アームを動かした。アームが球体に伸びていく様子がノート・パソコンに映し出される。

「そんなこともできるのですか」

水川が笑みを浮かべた。

球体になにかを固定している結束バンドらしきものをアームが摑む。

引っ張ってみると、そのまま球体が引き寄せられた。

いける。

叫びそうになったが、その昂奮を抑え、天野はコマンドをノート・パソコンに入力した。

「アームはひとが操作する必要がありますが、あとは、ＡＩの自律走行で、展示室まであの球体を運んでくれます」

「行きと違って、荷物がありますよ」

「そのことも含め、ＡＩが最適な速度を計算します。問題ありません」

椅子の背もたれに身を預け、ノート・パソコンに表示されるモーグラーの動きを天野は見守った。

モーグラーを設置したときと同様に、水川が警備員に声をかけて来訪者の注意を惹きつけている隙に、天野はモーグラーと怪しい球体を回収して外へ出た。

犯人の目論見を阻止できた。

天野は長い息をこぼすと、手にしている発火装置らしきものを慎重に観察した。

球体は野球のボールよりも少し小さくて、ゴムのように少し弾力があるものでできていた。かすかにオイルの臭いがする。

これ自体が燃焼物なのだろう。

球体に結束バンドで固定されているのは、ベルトが外されたスマートウォッチだった。ただし、かなり大きく、分厚く、お世辞にもスマートと言えるデザインではなかった。

スマートウォッチの側面には、ヘッドフォンのマークがあり、そこにケーブルが差し込まれていて、もう一方は球体のなかへと伸びている。

最新のスマートウォッチでは、ヘッドフォンなどの音響装置との連携にブルートゥースといった無線技術が使われることが多いが、このスマートウォッチではヘッドフォンを直接、繋ぐようになっていて、犯人はその機能を利用しているに違いない。

スマートウォッチがアラーム音を鳴らそうとすると、電流がケーブルを介して流れ、それを感知して球体が発火するようになっているのだろう。

とりあえず、スマートウォッチが作動しても、この球体が燃えないようにしなければならない。

天野はスマートウォッチと球体を繋ぐケーブルを引っ張った。

しかし、抜けなかった。

犯人はかなり慎重なのだろう。なにかのはずみで抜けてしまわないように、ケーブルが半田付けされている。

ナイフかなにかでケーブルを切断してしまえばいいのだが、あいにく、そのようなものは持ち合わせていない。

スマートウォッチを操作して、機能を停止させるしかない。

指先がスマートウォッチの液晶画面を叩く。

スマートウォッチの小さな液晶画面に数字が表示された。

——9
——8
——7
数字が0に近づいていく。

「嘘だろ……」

焦った声がこぼれた。

この発火装置はタイマーで作動するようになっているに違いない。表示されている数字が0になれば、炎上するはずだ。

指先が震える。上手く操作できず、タイマーを停止させるための画面を表示させられない。

——6
だめだ。

天野は小さな球体を投げ捨てようとした。

しかし、思い留まり、もう一度、天野はタイマーの停止に挑もうと指先に力を入れた。

——3
震える指が液晶画面を叩く。

——2
——1
そこで、表示は動かなくなった。

「止まった……」

天野はその場にへたり込んだ。

リハーサルの妨害を阻止できた。

成果はそれだけではない。

この発火装置を調べれば、犯人の手がかりが見つかるかもしれない。だからこそ、天野は最後の一秒まで、タイマーを止めることを諦めなかったのだ。

安堵して力が抜けてしまった天野の手から、発火装置が転げ落ちた。

そのとき、火の手があがった。

発火装置が燃え始めたのだ。

どういうことだ……。

咄嗟《とっさ》に立ち上がったものの、声も出せず、その場から動けないまま、天野は炎を見やっていた。建物を焼き尽くす意図はなく、通信ケーブルさえ焼き切れればいいと犯人は考えていたのだろう。

炎はさほど大きくはなかった。しかし、ひとの注意を惹きつけるには充分だった。

「なにごとですか」

警備員が駆け寄ってきた。

「騒ぎ立てるようなことではありません」ちょうど展示室から出てきた水川が取り繕《つくろ》う。「ケーブルの耐火試験に協力してもらうつもりだったのですが、その機材が些細な事故で燃えただけです。それよりも、すぐに消火器を」

警備員が消火器を取りに行った。しかし、すでに炎は小さくなっていた。

「天野さん、どういうことですか？」

「タイマーは止めたのですが……」

天野の視線が走った。

タイマーはたしかに停止していた。ということは、発火装置は遠隔操作で作動したことになる。

通常、スマートウォッチとスマートフォンが連動できる距離は、一〇メートル程度だ。

犯人は近くにいる。そこからスマートフォンを操作して、証拠を隠滅するために発火させたに違いない。

どこだ。どこにいるんだ。

索敵する視線が止まった。

見覚えのある顔がそこにあった。

「倉永さん、なぜ、ここに？」

自衛隊の制服姿の男が天野に向かって歩みを進めていた。

「兄が文科省のちょっとしたポストにいるもので――」

天野の前で足を止めた倉永が鞄から書類を取り出した。なにかの会議の開催案内のようだった。

「政治家――副大臣をしていると佐藤さんから聞きましたが、文部科学副大臣なんですか？」

「ええ、そうです。明日、大臣がこちらを視察するので、ＪＡＸＡには顔を知っているひとが多いだろうから、仲介役として警備状況の確認の会議に出席できないかと兄から頼まれたのです――それよりも、これは？」

天野の足元に倉永が視線を落とす。

煤《すす》けた電子部品のまわりで小さな火が揺らめき、燃えた跡が染みのようにアスファルトの地面にこびりついていた。

その上、あたりにはガソリンのような異臭も漂っている。

隠し通すことはできそうにない。どこから説明していいものか、天野は言葉を探した。

「もしかして、ＪＩＮ－１の打ち上げ妨害に絡んでいるのでは？」

核心を突く質問をされ、天野は、そうです、としか答えられなかった。

「佐藤分室長が疑われたことで、ずっと受け身になっていましたが、防衛省の情報収集衛星もＪＩＮ－１で打ち上げることになっているだけに、こちらとしても本腰を入れて調べる必要があると思います。わたしは、これから会議なので、今は時間が取れません。明日にでも、ゆっくりと話を聞かせてもらえませんか？」

訊かれた天野は、受け入れていいのか、断ったほうがいいのか、自分では判断できず、水川を見やった。

「倉永さんは、一時は事故調査チームの一員でしたが、今は違います。その上、防衛省の方ですから、わたしとしては、組織の判断がないまま、お話しできることはありません。しかし、天野さんは民間人です。天野さんの判断、行動を制限することは、わたしにはできません」

ノン・フレームの眼鏡の奥から、水川の目が合図をしてきた。

倉永の要望を受け入れなさいと、その目が促しているように天野には見えた。

天野は耳たぶをさすった。

ＪＩＮ－１の打ち上げ妨害で疑われているのは四人だ。水川も、倉永も、そこに含まれている。それだけに、ふたりの言葉を真に受けてはいけないように思えた。

いや、躊躇することはない。

ふたりのうち、ひとりは犯人かもしれない。しかし、少なくとも、ひとりは犯人ではない。その人物の言葉は信頼していいはずだ。

水川、倉永、ふたりともが防衛省の介入を受け入れようとしているのだから、それが間違いであるはずがない。

天野は、わかりました、とうなずいた。

消火器を手にして警備員が戻ってきたので、天野は、発火物の残骸《ざんがい》を保管しておくように頼んだ。

リハーサルが終われば警察に届け出ると星原は言っていた。そして、防衛省も動き出すことになりそうだ。本格的な捜査が始まることを見越しての依頼だったが、警備員には、あとで検証したいからだと言葉を濁《にご》した。

水川が長い黒髪を掻き上げ、空を見上げた。

「空の色が寒いわね」

ぽつりとこぼれた声が転がった。

第七章

防衛省の車で会社まで送っていくと倉永から申し出があったとき、まさか戦闘用車両で会社に乗り付けることになるのではないかと天野は戸惑ったが、それは無用なことだった。

倉永が運転しているのは、どこにでもある国産の乗用車だった。

その助手席で天野は、腕時計を気にしていた。

防衛省の小さな会議室での聞き取りは、金曜日の朝八時から始まり、倉永を相手に二時間近くに及んだ。ハッキングに使われたコンピュータのマウスが倉永と佐藤の分室のものと入れ替えられていたこと、それにより、倉永を含めて四人が疑われていること、資料室のコンピュータから復元されたリストの場所を調べて星原を一時的に疑った経緯、さらには、スーパーコンピュータ棟に発火物が仕掛けられていたこと、これまでJAXA内でも伏せられていた事実を天野は包み隠さず話した。その内容を録音しつつメモを取っていた倉永が、上官に報告してくると席を立つと、天野は三〇分近く待たされた。そして、今、車上にあった。

フロントウィンドウの向こうには、車列が並んでいる。

渋滞で、車はよちよち歩きの赤ん坊ほどの速度でしか進んでいない。

一一時から東京電算との打ち合わせの予定が入っている天野は気が気でなかった。

ウイルスの量産に目処《めど》が立ち、新種のウイルスを検出するＡＩを開発できる可能性が見えてきたことで、翌週の月曜日に、ＪＡＸＡ向けに説明会が開かれることになった。それに先立ち、説明会の進め方を東京電算と相談することになっているのだ。

ラジオから流れるキンキンした女性歌手の歌声が苛立ちを誘う。

「申し上げにくいのですが」ずっと黙ってハンドルを握っていた倉永が表情のない顔を前に向けたまま口を開いた。「情報保全隊はこの件の調査を行わないことになりました」

「どういうことですか。そんなのおかしいですよ。防衛省も動く必要があると言ったのは、倉永さん、あなたですよ」

苛立ちをそのまま声にした天野は、うるさくしているラジオを切った。

「あなたから聞き取りをした内容を先ほど、上官に報告しました。それを受けての決定です――犯人の狙いは打ち上げの妨害です。ハイブリッド・ロケットの機密を狙っている可能性は極めて低い。この事案は情報保全隊の任務の外です。関わって身分が露呈してしまえば、本来の任務、ハイブリッド・ロケットの機密の保全に支障をきたすことになります」

「ですが――」

「アラン・チューリングを知っていますか？」

天野の反論を倉永の質問が遮った。

「数学者の？　コンピュータの誕生に重要な役割を果したチューリングのことなら、多少は知っていますが」

「それなら話が早い――第二次世界大戦中、チューリングを中心とするイギリスの研究チームは電磁石を使った電気式計算機、ボンベの開発に成功しました。この計算機でドイツ軍の暗号を解読した結果、ロンドンの北西にあるコベントリーという都市を一一月一四日にドイツが攻撃することがわかりました。しかし、このことの報告を受けたチャーチル首相は、コベントリーの市民を避難させることも、彼らに警告を発することもしませんでした。彼らを避難させれば、そのことは、イギリス国内に潜んでいるドイツのスパイに察知されるかもしれません。その結果、暗号解読をドイツに悟られるかもしれないと危惧したのです。そのため、コベントリーは壊滅的な被害を受けました。肉を切らせて骨を断つ。暗号解読はドイツ打倒の切り札になります。ドイツのコベントリー攻撃は、その切り札を出すタイミングではないとチャーチルは判断したのです」

「切り札の出番は今ではないということですか？」

「そうです。情報保全隊の切り札、ＪＡＸＡに潜伏しているわたしたちの出番は、外国がハイブリッド・ロケットの機密を狙ったときです。そのときのために、今は静かに潜《もぐ》っておかなければならないのです」

「それじゃあ、犯人のやりたい放題じゃないですか。このままではＪＩＮ－１の打ち上げが失敗しますよ」

天野の拳が自分の太股《ふともも》を殴りつけた。

「動くことはできないのです」声を荒らげることなく発せられた低い声には、獅子《しし》さえも震え上がらせるような凄《すご》みがあった。「ＪＩＮ－１では、防衛省の情報収集衛星も打ち上げられます。妨害によりＪＩＮ－１の打ち上げが先延ばしになれば、防衛省としても痛手です。それでも、静観しておくしかないのです。上も苦渋の決断をしたのだと思います。理解してください――リハーサルが終了すれば、星原さんは警察に届け出るのですよね。ほんの数時間でリハーサルが終わる午後二時になります。あとは警察に任せればいいのです」

「そうですか。それがあなたたちの判断なんですね。電話を貸してください」

頼む立場なのに、声が突っ慳貪になってしまった。

「どこに電話するつもりですか？　上に直訴しようとしているのなら、無駄ですよ」

「朝から三時間近くも無駄にしたんです。これ以上、時間を浪費するつもりはありません。打ち合わせに遅れそうなので、会社に連絡をしたいだけです」

そうですか、と差しだされたスマートフォンは、いくら操作しても反応しなかった。

「バッテリーが切れていますよ」

天野の鼻が鳴った。

「近くのコンビニに寄って充電器を買います。少し待ってください」

「ですから、これ以上、時間を無駄にしたくないんです。今すぐ車を端に寄せて停めてください」

「ですが――」

「だれかと違って、ぼくは、ＪＩＮ－１の打ち上げを妨害した犯人を見つけないといけないんです。時間がないんです――停めてくれないのなら、このままドアを開けて降りますよ」

天野が声を荒らげると、倉永はウインカーを出してハンドルを切った。車が路肩で停車した。

天野は車から降りると、停車を指示したときにすでに目をつけていた病院の看板に向かって走り出した。

携帯電話の普及で街並みから多くの公衆電話が消え去った。天野は、電話をかける必要に迫られたとき、病院に行くようにしている。携帯電話を持たないまま緊急搬送などで運ばれてきた患者のために、大きな病院の多くでは公衆電話を設置しているのだ。

病院に飛び込んだ天野は待合室の隅へ駆けていき、公衆電話の受話器を手にした。コインを押し込み、社長室の直通番号をプッシュする。

東京電算が訪ねてくる打ち合わせには、丸井社長も同席することになっている。打ち合わせの時間に少し遅れるかもしれないと、社長に伝えておきたかった。

呼び出し音が切れると、すぐに天野は話しかけた。

「もしもし天野です。社長――」

「いつも大変お世話になっています」

天野の言葉を遮って他人行儀な声が返ってきた。

「社長、天野です。東京電算との打ち合わせですが――」

「申し訳ありません。本日は都合が悪く、お越しいただいてもご迷惑をおかけしてしまうだけです。日を改めていただければと思います。その際には、一度、ご連絡をいただけますようお願いします」

天野の返答を拒絶するかのように電話が切れた。

どういうことだ。

受話器を戻した手で頭を掻きむしる天野の視線が待合室のテレビに吸い込まれた。

漏れそうになった驚きの声を天野はどうにか飲み込んだ。

そこに自分の顔が映し出されていた。

指名手配という文字がやたらと大きく見える。

不安が全身を揺さぶった。

どうして――。

詳細を知りたかった。しかし、頭のなかでは警報が鳴り響き、ここから立ち去れと命じていた。

天野はうつむき、手でひさしを作って顔を隠し、そっと病院をあとにした。

★

小学生のとき、クラスでもっとも運動が得意な少年が教室でクラスメイトに囲まれていた。地元の少年野球チームに入ったことを自慢する彼がかぶる野球帽に、クラスメイトたちは羨望《せんぼう》の眼《まな》差《ざ》しを向けた。何人かは彼からその帽子を借りてかぶり、ボールを投げる仕草や、バットを握る格好をしていた。

運動が得意ではなかった天野は、その輪に入ることができず、教室の隅でパズルを解きながら、その様子をちらりちらりと見やっていた。

それ以降、しばらく、クラスでは野球帽をかぶることが流行った。

その流れに乗ることができなかった天野は、結局、野球帽をかぶる経験がないまま、大人になった。

今になって、こんなものをかぶることになるとは……。

夕方の大手コーヒー・チェーン店の片隅で、天野は心持ち深めに野球帽をかぶっていた。

顔を隠したいという衝動はあった。

だからこそ、ひと目を避けて彷徨《ほうこう》した末、さびれた洋品店で帽子を買った直後は、深くかぶった。さらにはマスクもした。しかし、それが間違いであると、すぐに気づいた。

顔を見られて手配犯だと気づかれる恐怖はある。だが、それ以上に他人の視線が怖かった。

視線を感じるたびに、警察に通報されるのではないかと、天野の心臓は暴れた。

尾行の際には街のなかに姿を溶け込ませると、以前、倉永は言っていた。

立場は違うが、街に溶け込むことをもっとも優先させるべきなのだ。

そのため、天野はテープで補修されている眼鏡をはずし、かぶった帽子は不自然にならない深さに留め、目立たないようにしていた。

他人の視線が怖いのだから、ひと目が交錯している大手コーヒー・チェーン店のような場所には近づかなければいいのだが、なぜ自分が手配されているのか、その情報を得るためには、そうせざるを得なかった。ここでなら、電話をかけられない天野のスマートフォンでも、店が提供している無線LANを介してインターネットに接続でき、ニュースを調べられる。

眼鏡をはずした目に心持ち近づけた液晶画面の上で、天野の指先が行き来する。

――テロ未遂！　ＪＡＸＡに爆発物。

見出しが天野の視線を引きつけた。

今日の午後一時から文部科学大臣がＪＡＸＡ調布航空宇宙センターを視察する予定だったのだが、それに先立ち、今朝、警備陣が安全確認を行ったところ、爆発物が見つかったというのだ。

爆発物が見つかったのは、展示室のスペース・ミッション・シミュレータの傍ら、床下配線の点検口だった。そして、犯行の様子だとして、そこでかがみ込む男を映し出す防犯カメラの映像が公開され、この映像から容疑者が特定されたと記されていた。

また、ＪＡＸＡからは、新型ロケットの打ち上げが延期になった原因はコンピュータ・ウイルスだったと発表され、警察では、そちらとの関連も捜査しているという記事もあった。

違う。冤罪だ。あれは爆発物の設置ではなく、発火装置を探索しようとして、モーグラーをセットしていたんだ。

叫びたかった。

しかし、コーヒー・チェーン店の片隅で叫んでも、疑いは晴れない。それどころか、警察に通報されて逮捕されるに違いない。そこでいくら弁明しようと、証拠映像を突きつけられて反論できなくなってしまうだろう。

電話を入れたときの丸井社長の反応の謎も、これで解明できた。

警察の手が容疑者の勤務先であるマルイ・ソフトへも伸びているのだ。あのとき、社長室には警察官がいたに違いない。電話の相手がだれなのかを悟られないよう、社長はあのような応対をしたのだろう。

打ち上げリハーサルの妨害を阻止できたというのに、どうして、こんなことになってしまったのだ。

天野は、うなだれた頭をテーブルに立てた腕で支えた。

それにしても、こんなときに文部科学大臣の命を狙う爆破未遂事件が起こるとは、運が悪すぎる。せめて、展示室のスペース・ミッション・シミュレータの傍らに爆発物が仕掛けられるという偶然さえなければ……。

爆発物を仕掛ける場所なら、ほかにもいくらでもあるではないか。

いや……本当に偶然なのだろうか。

天野の指先が額を叩いた。

そういえば、大臣はJIN－1のエンジンの説明を受けると水川が言っていた。説明はハイブリッド・エンジンの模型の前で行われるとも水川は話していた。その模型は、スペース・ミッションシ・シミュレータからかなり離れて展示されていた。

大臣に危害を加えたいのなら、訪問の目的を調べた上で、模型の近くに爆発物を仕掛けるはずだ。

大臣が狙われたのではないのかもしれない。

では、犯人の狙いはなんだったのだ……。

額を叩く指先が止まる。

そうか。

爆発物が仕掛けられたことで、なにが起こったかを考えれば、答えはひとつではないか。

爆発物を仕掛けたのは、JIN－1の打ち上げの妨害をした犯人に違いない。防衛省の佐藤、事故調査チームのリーダーの星原に続き、今度は、天野が疑われるように仕向けたのだ。

爆発物がスペース・ミッション・シミュレータの傍らに仕掛けられたのは偶然ではない。

警備陣により爆発物が発見されることを見越し、さらには、防犯カメラの映像を警察が確認すると予想して、犯人はあそこに爆発物を仕掛けた。

それができるのは……。

天野の脳裏に関係者の名前が並んだ。

事件を振り返りながら、疑わしい人物を絞り込んでいく。

最後にひとりの名前が残った。

間違いない。犯人は、あのひとだ。

空を覆い尽くしていた鈍色の雲がすっと流れていき、太陽の光が差してきたように感じられた。

安堵したせいか、周囲の状況を見渡す余裕ができ、店の隅に公衆電話があることに天野は気づいた。

倉永に連絡しようと席を立ち、受話器を手にしたとき、天野の指先が静止した。

切り札を出すタイミング、という倉永の言葉が耳の奥で再生された。

倉永は協力しない。そう確信できた。

協力すれば、情報保全隊の一員という自身の素性が露見しかねない。電話をかけて、いくら懇願しようと、ハイブリッド・ロケットの機密の保全を優先し、援助の手を差し伸べることはしないはずだ。

倉永の上官である佐藤の連絡先も、佐藤が学生の日向に伝えていたときにちらりと見て、天野は覚えていた。しかし、佐藤に電話をかけても、反応は倉永と同じだろう。

マルイ・ソフトに警察の手が伸び、頼みの綱である丸井社長が動くに動けないこの状況下では、天野が電話番号を覚えていて助けを求められるのは、ひとり、星原しか残っていなかった。

プッシュボタンの上を天野の指先が駆け抜けた。

しかし、受話器からは、無情にも、電波が届かないか電源が入っていない、という感情のない女性の声が聞こえるだけだった。

なんで、こんなときに……。

肩を落とした天野は、席に戻ろうとしたが、すぐに考え直し、星原の名刺に記されていたもうひとつの電話番号を記憶の奥から引っ張りだし、公衆電話のボタンをプッシュした。

種子島の管制室の電話に出たのは、星原の上司の月島だった。

天野は名乗ろうとしたが、とっさに東京電算の担当者だ、という嘘と偽名が口からこぼれた。

名前は知ってはいるが、一度も会ったことがない月島を信頼することができなかったのだ。

「イシュタル・システムの打ち合わせの件で星原さんと早急に連絡を取りたいのですが、どちらに？」

月島は、なんら疑うことなく天野の質問に答えてくれた。

午後二時にＪＩＮ－１の打ち上げリハーサルを無事に終えたあと、星原は、急遽、会議のために東京へ向かっている、とのことだった。

また、飛行機で移動中のため、電話はできないが、機内の無線ＬＡＮサービスでメールの受送信ならできるだろうとも言われた。

星原と連絡がとれなかったのは痛手ではあるが、朗報でもある。

星原のあの性格では、電話でいくら弁明しても頭ごなしに疑ってくるのは目に見えている。しかし、面と向かって説明すれば、必ず理解を示してくれるはずだ。

席に戻った天野は、真犯人を特定できたので説明する機会を与えて欲しいとメールにしたため、スマートフォンから星原に送った。

すぐに返信されてきたメールには、間もなく東京に着くので、直接、話を聞きたいとの申し出があった。

そこにあるのは、液晶のドットで構成された文字でしかない。しかし、それらが天野にはやたらと煌めいて見えた。

★

金曜日の夜ということもあって、表参道の街には、ひとがあふれている。

信号が、はやる天野の足にブレーキをかけた。

星原の姿を探そうと、天野は行き交う人々の視線を気にしながら、ポケットから出した眼鏡をかけた。

横断歩道の向こうのカフェで星原と待ち合わせをしている。

天野としては、ひと目がないところで会いたかった。しかし、星原の考えは違った。

木は森に隠せ。人混みのなかのほうが目立たない。

そう主張する星原に対して、会ってもらう立場の天野は反論できなかった。

視線を走らせる。

いた。星原だ。

今回の上京は急だったせいだろう、前回とは違い、ジーンズにチェック柄のシャツというカジュアルな姿でオープン・テラスの席に座っている。

心がはやる。

信号に視線を向ける。

赤から青に変わった。

その色が鮮やかに見えた。

大きく息を吸い込み、足を踏み出そうとしたとき、背後からなに者かに右腕を摑まれた。

心臓が変な音を立てた気がした。血の気が引いていくのが自分でもわかった。

腕を摑んでいるのは警察官に違いない。ここで観念して逮捕されるしかないのか。

いや、諦めるには早すぎる。

天野は、自分の腕を摑んでいる手を振りほどき、走りだそうとした。

しかし、逆にその手に引き戻されてしまった。

もう、だめだ……。

降参するしかなかった。

ここで終焉《しゅうえん》を迎える自分の人生を振り返るかのように、天野はゆっくりと振り向いた。

「倉永さん」安堵に満ちた声が漏れた。「こんなところで会うなんて、とんでもない偶然ですね」

「この広い東京で偶然に出会えるということはあり得ません――ニュースを知って、あなたを探しましたが、行方《ゆくえ》がわかりませんでした。だれかに相談するにしても、残念ながら、わたしを頼ることはありません。昼間に決裂したばかりですからね。ですから、星原さんに接触すると推測したのです」

「見事な推理です」

天野が向けた笑みに応じることなく、倉永は抑揚のない口調で続けた。

「明日、筑波で事故調査チームの会議があります。その場で、今回の爆破未遂への対応を協議するとともに、わたしの復帰が検討されることもあり、わたしのところにも連絡がありました。星原さんも出席するとのことだったので、今日のうちに上京するだろうと予測して羽田空港で待ち伏せし、そこから彼女を尾行したのです。あとはあなたが姿を見せるのを待つだけでした」

「それは助かりました。星原さんとの話に倉永さんも同席してください」

「なぜ、そういう発想になるのですか？」

呆《あき》れたかのように、倉永が渋面を横に振った。

「ぼくは犯人ではありません。まずは、ぼくの話を聞いてもらわないことには――」

「星原さんには、あなたの話を聞くつもりなんてありませんよ」オープン・テラスの席に座る星原の背後を指さす。「あの男、なに者だと思いますか？」

「そんなこと、唐突に訊かれても、答えられませんよ」

天野の口が尖った。

「刑事です」

「そんな……」

天野はオープン・テラスの男をまじまじと見た。

「それと、あちらに座っている二人組も」

と、さらに指さす。

「そんなに自信満々に断言できる根拠はなんですか？」

「簡単なことです。さっき、あなたが来る前、彼らと星原さんがなにやら相談をしているのを見ただけです」

「ぼくは……裏切られた……」

天野からこぼれ落ちた声が彷徨《さまよ》った。

「裏切るもなにも、もともと星原さんはあなたの仲間ではありませんよ」

「でも……話を聞いてくれると……星原さんは……」

「なにを言おうが、現実は現実です――行きますよ」

倉永が顎をしゃくった。

「どこへ行くんですか？」

「ここよりも、はるかに安全な場所です」

倉永が歩き出す。

天野はオープン・テラスを見やった。

星原が両手で持ったカップを口に運んでいる。

天野はその姿に背を向けた。

第八章

「ここは？」

リビングを天野は見渡した。

大きな液晶テレビとオーディオ・システムが壁際に鎮座し、隣にあるデスクにはパソコンが置かれている。デスクの背後には、デッキチェアが並ぶ広々としたベランダが見える。棚にはバレーボールより少し大きいくらいの地球儀が飾られていて、その横に高級酒がずらりと並んでいる。奥には、横になればそのまま熟睡してしまいそうなL字形のソファがあった。

倉永の目に促され、天野はそのソファに腰を降ろした。全身が柔らかさに包まれるような座り心地だった。

「兄が文部科学副大臣だというのは、昨日、話しましたよね。その兄のマンション、いえ、隠れ家と言ったほうが正確でしょうか。兄の秘書たちのなかでも、第一秘書しか、ここの存在は知りません」

「政治家には、こういう場所が必要なんですか？」

「兄は特殊です」デスクの引きだしからなにかを取り出した。「兄は二六歳で父の跡を継いで国政の場に出ました。なぜ、そんな若さで国会議員になれたか、わかりますか？」

倉永が天野の横に座った。

天野は首を横に振った。

「父は女癖が悪く、そのことがスキャンダルとして表に出そうになり、大怪我をする前に引退して、兄に地盤を譲ったのです。兄も、その血を父から引き継いでいて、ここは表に出せない女性と密会するための場所です。兄に無理を言って、しばらくの間、借りました」

「その血は、倉永さん、あなたにも？」

「わたしは養子なのです。実の両親を亡くし、一一歳のときに引き取られました。あまり迷惑をかけたくなかったので、学費がかからないどころか、学生手当として給料がもらえる防衛大に進んだのです――父や兄には呆れつつも、守らなければならないと思っています」

倉永は小さく肩をすくめた。

案外、いいひとなんですね、と、ことさら大きく天野が笑ったとき、手元で金属の軽い音がした。

「どういうことですか？」

訳がわからず、天野は呆然と自分の手首を見やった。黒光りする手錠《てじょう》がかけられている。

先ほど、倉永がデスクから取り出したのは、これだったのだろう。

「兄が女性と遊ぶときに使っているものです」

「冗談はやめてください。ぼくには、そんな趣味はありません」

笑みを作ろうとしたが、引きつった顔は思うような表情にならなかった。

「冗談で容疑者を匿《かくま》うわけがありません。わたしがあなたを探していたのは、重要な目的があってのことです」

「ぼくの無実を信じて、助けてくれるため……」

それが間違いであることは、手錠が雄弁に物語っている。

「佐藤分室長をあなたに助けてもらった恩はあります。恩は返すべきです。しかし、犯人の手助けをするほどの利息はつきません」

「では、なぜ？」

「展示室の爆破未遂だけでなく、ＪＩＮ－１の打ち上げの妨害もあなたがやったことなら、ＪＩＮ－１の機密も盗み出しているかもしれないと危惧したのです。イシュタル・システムを使えば簡単でしょうからね。ですから、警察よりも先にあなたの身柄を確保し、背後を調べなければならないと考えたのです。ここは警察ではありません。生やさしい聞き取りなどはしません」

暴力もやぶさかではないという言葉を補うかのように、倉永が指の骨を鳴らした。

「待ってください」

「なにも隠すことなく自白する気になりましたか？」

倉永の口角がかすかに上がる。

「真実は話します。でも、違うんです」

「なにが違うのですか？」

「ぼくは犯人ではありません。信じてください。犯人がだれなのかも、わかっています」

天野は倉永の目を見据えた。

「まさか、わたしだと言うつもりではないでしょうね」

「そんなことは言いません」天野は小さく首を振った。「今朝、防衛省での聞き取りのときに話しましたよね。爆発物が見つかった展示室にぼくは入りました。でも、爆発物なんて仕掛けていません。展示室のスペース・ミッション・シミュレータの傍らにある床下配線の点検口から、モーグラーという自律走行型ロボットを出し入れしただけです。犯人がスーパーコンピュータ棟に仕掛けた発火装置をモーグラーで探して、回収した。それが真実です」

「その様子が防犯カメラの記録に残っていて、疑われることになったと？」

倉永から鋭い視線が向けられる。

「そうです。逆に言えば、ぼくに疑いが向くように犯人が仕向けたんです。昨夜は、文部科学大臣の視察に備え、防犯カメラに顔認証システムを入れる作業がありました。その間、防犯カメラの録画は止まっていたはずです。その隙に犯人は爆発物をしかけたんです。だから、その映像は残っていないんです」

「犯人は、防犯カメラにあなたの姿が映っていたことも、どこでモーグラーの作業をしていたかも知っていたということですか？　すなわち、防犯カメラの記録を確認したということですね」

「JAXAで、防犯カメラの管理、運営をしているのは、セキュリティ統括室です。室長の鳴海さんは、倉永さんたちの分室に自由に出入りできる立場です。しかし、前回の打ち上げが妨害されたとき、鳴海さんは出張でアメリカへ行っていたので、ウイルスを仕掛けることはできません」

「鳴海さんは犯人ではない？　ほかに犯人がいる？　それなら、どうやって、犯人は防犯カメラの記録を確認したのですか？」

腑《ふ》に落ちないと言いたげに倉永の眉間に皺が刻まれた。

「防犯カメラの記録を確認する必要はありません。ぼくの姿が防犯カメラに映っていると確信できさえすればいいんです。それができたのは、ぼくがモーグラーを出し入れする場に一緒にいた人物です。倉永さんたちの分室に自由に出入りできる人物で、あの場にいたのは、ひとりだけです」

「それは？」

「水川さんです。犯人は、ＪＡＸＡのシステム部次長の水川玲子さんです」

「なるほど。そういうことですか」

倉永はデスクの机の引きだしから小さな鍵を取り出し、天野を拘束している手錠の鍵穴に差し込んだ。

手錠が外れる。

軽くなった手首を天野は振った。

「よかった」短い息がこぼれた。「信じてくれたんですね」

「だれが、あなたを信じると言ったのですか？」

冷淡な視線が天野に向けられた。

「ぼくの説明のどこが信じられないんですか」

「すべてです。あなたの話は仮説でしかありません」

「では、どうして手錠を外したんですか？」

自由になった両手を倉永の顔の真ん前に掲げる。

倉永が無言で視線を流した。その先にはデスクがあり、コンピュータが置かれている。

「どういうことですか？」

「自分は犯人ではない、真犯人は水川さんだと言い張るのなら、確たる証拠を見つけてください」

「そんなこと、どうやって？」

「簡単なことです。あのコンピュータからＪＡＸＡに接続し、イシュタル・システムを使って、水川さんのコンピュータを精査するのです。水川さんが真犯人なら、なにか証拠があるはずです」

「それはできません。調布での調査のときに使った保守用のＩＤは、すでに失効しています」

天野は、きっぱりと言い切った。

「そのことは以前に聞きました。しかし、あなたには別の手段があるはずです。佐藤分室長が疑われた経緯をあなたに問い合わせたときのことをありありと覚えています。あのときのあなたの口振りからして、開発用のＩＤといった類《たぐ》いのものが存在すると、わたしは確信しています」

「さすがはスパイ捜査のプロですね。その通りです。開発用のＩＤはあります。でも、使えないんです」

天野はゆっくりと首を振った。

「この期《ご》に及んで、なにを言っているのですか」倉永が声を荒らげ、両手で天野の肩を激しく揺さぶった。「コンプライアンスの問題ですか？　そんな戯言《たわごと》を言っている場合ではありません。あなたが犯人ではなく、水川さんが真犯人であるのなら、打ち上げが妨害されるかもしれませんよ。そのようなことを看過するつもりですか」

「使えないものは、使えないんです。開発用とは言っても、基本は、保守用のものに少し手を加えただけです。ですから、一〇分しか接続できません。外部に漏れて悪用されることを防ぐための機能です」

「その一〇分で証拠が見つかるかもしれません」

「それでも、今は使えないんです」

「ですから、コンプライアンスの問題を議論している場合ではありません」

顔をしかめる倉永は苛立ちを隠そうとしなかった。

「そういうことではありません。開発用のIDが盗まれてしまえば、ネットワーク内のコンピュータは丸裸同然です。その上、このIDを使っていれば、イシュタル・システムの監視から外れるので、機密は盗み放題です。そんな事態にならないよう、対策してあるんです」

「訳がわかりません」

倉永がかぶりを振る。

「通常、IDやパスワードは、アルファベットや数字からなる文字列です。しかし、イシュタル・システムの開発用IDは違います。AIを利用して、顔認証システムを組み込んでいるんです。ぼくがコンピュータを操作している映像、それが開発用のIDであり、パスワードなんです。コンピュータの実際の操作と映像が一致していなければ、ぼくが使っていないとAIは判断します。写真や録画しておいた映像で騙すことはできません」

「ということは、専用のカメラが必要ということですか……」

倉永が腕を組んで唇を嚙む。

「特殊なものではありません。でも、今から買いに行こうにも、もう、夜の一〇時を過ぎてしまっていますから、家電量販店も閉まっているでしょう。ですから、今は開発用のIDを使えないんです」

少しでも信じてくれるなら、明日、購入してきて欲しいと、イシュタル・システムの顔認証での動作確認ができているWebカメラの型番をいくつかメモして、天野は倉永に渡した。

★

寝覚めはよくなかった。

逃げられないようにと、倉永と一晩中、手錠で繋がれていたのだから、当然の結果ではあった。

昼前、佐藤がWebカメラを購入して、天野が匿われているマンションに訪ねてきた。天野の監視で身動きが取れない倉永が、上官である佐藤に状況を包み隠すことなく説明して頼み込んだのだ。

「天野さん、どんなことがあっても、わたくしは、あなたの無実を信じます」

佐藤が手を握りしめようとしてきたが、それを拒《こば》み、天野はすぐにWebカメラを設置した。

一刻も早く、水川が真犯人だとする証拠を見つけたかった。

イシュタル・システムに接続すると、Webカメラからの映像を送信した。AIが天野の顔を認識し、イシュタル・システムの開発専用の画面が表示される。

天野は、水川のコンピュータに密かに侵入した。

筑波で事故調査チームの会議が開かれることもあってか、土曜日ではあるが、水川のコンピュータは稼働していた。

開発用のIDを使える時間は一〇分しかないため、天野は、水川のコンピュータからめぼしいデータを片っ端からマンションのコンピュータへ転送した。

そして、開発用のＩＤの使用を終了してから、マルイ・ソフトの自分のコンピュータにアクセスして、解析に使えそうな様々なツールを転送し、それらを駆使して、じっくりとデータを精査していった。

「どうですか？　なにか見つかりましたか？」

天野の作業を見守っていた佐藤が声をかけてきた。

「残念ながら見当たりません」

天野は力なく首を振った。

「倉永一尉、これから、どうすべきだと考える？」

昼行灯にしか見えていなかった佐藤の表情が引き締まった。

「佐藤分室長にお考えがあるのなら、それに従うべきだとわたしは思っています」

「わたしは天野さんを信じている。しかし、もし、ＪＩＮ－１の打ち上げ妨害を含めて、天野さんがやったのであれば、ここで天野さんを監視しておくだけで、次の打ち上げが妨害されることはない。だから、天野さんには申し訳ないが、ここにいてもらうしかないと考えている。そして、真犯人とおぼしき水川さんを尾行、監視する——承服してくれるかね？」

「もちろんです」

「では、早速、わたしは筑波へ行こうと思う」

「事故調査チームの会議が終わるのを待ち、水川さんを尾行するつもりなのですね。それならば、このマンションのスペア・キーをお預けしますので、分室長がここで天野さんを監視してください。尾行は、わたしのほうが得意です」

倉永は事故調査チームに一時は在籍していた。倉永と水川が顔見知りなのは明らかだ。顔を知られているのに尾行などしたら、すぐに気づかれてしまうのではないか。

天野は異論を挟もうとしたが、その前に、あとはよろしくお願いします、と佐藤に声をかけて倉永は出掛けてしまった。

その後も天野は、水川のコンピュータから盗み出したデータを何度も精査した。しかし、怪しいものは見つからなかった。

作業の途中、休憩がわりに、天野は自分宛ての電子メールを確認した。

メールソフトの画面に新着メールのタイトルがずらりと並ぶ。

関東理科大学の学生からのメールが多かった。日向からは、「おれ、先生のこと信じていますす。なにか情報があれば、すぐに連絡します。絶対に諦めないでください」と励ましの言葉が送られていたが、ほとんどの学生からは、「事件の影響でＸＡＩの打ち上げが見送られることになってしまったら、どうやって責任を取るつもりなのだ」といった誹謗《ひぼう》の言葉が突きつけられていた。

天野は唇を噛んだ。

一週間前、ＪＩＮ－１の打ち上げが中止となり、長谷展望公園で肩を落とした学生たちの姿が天野の脳裏に蘇《よみがえ》った。

さらには、ＸＡＩからのデータを解析するＡＩのテストが初めて成功したときの学生たちの笑顔が思い出された。

どのようなことをしてでも、水川が犯人だと早急に証明しなければならない。そして、無事にXAIを宇宙へ送る。

両手で頬を叩き、天野は自分に気合いを入れた。

事件の報道をまとめておいたので参考にして欲しいと丸井社長からメールが届いていたが、それに目を通すことなく、水川のコンピュータのデータの精査に戻った。

「少しは休んだほうがいいですよ」

佐藤が心配そうな声をかけてきたが、それに応じることなく、天野は何度も何度も同じデータを見返し続けた。

しかし、手がかりになりそうなものはなんら見つからず、天野は椅子に体を預けた。

いくら精査しても、証拠は出てこないのかもしれない。ほかの方法を模索するべきではないだろうか。

「それにしても、倉永一尉、遅いですね」

佐藤のつぶやきを聞いて、天野はデジタルの腕時計を見やった。

二三時一七分を表示している。

なにかが気になるように思えた。

天野は腕を組み、これまでのことを思い返していった。

そうか。

インターネットで検索し、その結果に満足してうなずいた天野は佐藤に声をかけた。

「ちょっといいですか?」

「どうしました？　食べるものを準備しましょうか？」

「いえ、違うんです――これを見てください」

天野はコンピュータの画面を指した。

「腕時計ですか？」

「ただの腕時計ではありません。スマートウォッチです。それも、スーパーコンピュータ棟に仕掛けられた発火装置に使われたものと同型です。どうやら、このスマートウォッチは、秋葉原のパソコンショップが独自に台湾から輸入したもののようです」

「なるほど」佐藤が手を打つ。「大手メーカーの製品とは違い、流通している数は多くはないでしょうから、そこをたどれば、水川さんに繋がるということですね。しかし……」

佐藤の表情が曇る。

「ぼくはここから動くことができません。佐藤さんか倉永さんに調べてもらいたいのですが、なにか問題がありますか？」

「調べることは可能です。わたくしが無理であっても、この程度のことであれば、情報保全隊のだれかを内々に動かすことはできると思います。しかし、疑いがかかっている天野さんの証言だけでは、このスマートウォッチが発火装置に使われたことを証明できません」

「それなら大丈夫だと思います。発火装置に使われたスマートウォッチ自体は燃えてしまいましたが、電子基板は燃え残っていました。警備員に保存しておくよう依頼してあります。それを精査すれば、このスマートウォッチのパーツだとわかるはずです」

「そういうことであれば、遺留品として警察がすでに保管しているかもしれません。情報保全隊には警察にコネがある隊員もいます。そちらから状況を探らせてみます」

佐藤が早速、携帯電話を手にした。

佐藤が依頼の電話を終え、ほかになにかできないかと相談していると、なんの前触れもなく、部屋に見知らぬ女が入ってきた。

えっ、と短い声が天野から漏れた。

なにが起こったのかは明白だった。

刑事にここを突き止められたに違いない。

天野は逃げようとした。

しかし、脳が疲れきっているせいか、金縛りにあっているかのように、体が思うように動かない。

「筑波から尾行して、自宅を突き止めることには成功したのですが、水川さんに怪しい動きはまったくありませんでした」

女から野太い声が発せられた。

★

顔見知りの水川を尾行しても、絶対にばれない自信が倉永にはあったに違いない。

美しさはないものの、小さな仕草まで女性そのもので、声さえ発しなければ、自衛官が女装しているとは、だれも気づかないだろう。

その姿で倉永は翌日の日曜日も水川を尾行した。

その間、天野は、再びイシュタル・システムの開発用のIDを使って、新たに水川のコンピュータからデータを盗み出した。

しかし、天野、倉永、ともに、なんら成果を出せなかった。

スマートウォッチの流通経路の確認も不発に終わった。

販売していたパソコンショップに確認したところ、売れ行きが悪かったので、正月の福袋に入れて在庫を一掃したとのことだった。そのため、だれが購入したかを追うことはできなかった。

その上、警察では、燃え残っていたスマートウォッチのパーツを保管していなかった。

回収し忘れたのではなく、もとから、そのようなものはなかったというのだ。

あのとき、残骸を保存するよう天野は警備員に依頼した。警備員の目を盗んで犯人が持ち去ったのだろうが、警察は、あの場にいた天野がこっそりと回収したと強く疑っているらしい。

状況がまったく好転しないなか、事故調査チームへの復帰が許された倉永は、月曜日、星原に呼ばれて朝から出掛けたのだが、マンションに戻ってきたのは、予定よりも二時間も遅れた昼過ぎだった。

先週のJIN－1の打ち上げリハーサルで、小さな問題が発生していた。

新しい情報収集衛星をJIN－1で打ち上げる防衛省では、打ち上げの状況を詳細に記録するためのプログラムを作成し、管制システム内で稼働させていた。延期が重なり、プログラム作成時に想定した日程から打ち上げ日時が大きく変わったため、日付データの処理でエラーが発生し、記録の保存に不具合が生じたのだ。

これを受け、防衛省では修正したプログラムを準備した。

従来であれば、このような場合、プログラムはメールで受け渡しされるのだが、打ち上げ妨害があったことを鑑《かんが》み、コンピュータ・ウイルスの感染を危惧し、防衛省で複数の職員が検査、確認した上で、USBメモリにプログラムをコピーし、それを直接、手渡しすることになった。

そのUSBメモリを防衛省で預かり、上京中の星原に渡すという雑務を倉永は片付けていたのだ。

「残念なことなのですが……」

ソファに腰を落とした倉永の口調は重かった。

星原、水川、さらには、セキュリティ統括室の鳴海室長とともに倉永が出席したのは、東京電算の説明会だった。そこでは、AIにより新種のコンピュータ・ウイルスを生成することに成功したと報告があり、そのウイルスを使ってのデモンストレーションが行われた。そして、この技術により、新種のウイルスを検知するAI開発の目処が立ったと、東京電算から説明があった。

会が終わろうとしたとき、水川が質問した。

新種のウイルスを生成するAIは、マルイ・ソフトの天野の技術であり、その天野は、JAXAでの爆破未遂の容疑をかけられ、逃亡している。今後、開発に支障はないのか、と。

それに対して、東京電算は、支障はないと回答した。契約上の問題をいくつかクリアする必要はあるが、マルイ・ソフトとの協力体制を破棄し、今後の開発は東京電算が単独で行うとのことだった。

「あれだけ苦労したというのに……」

天野の拳が太股を殴った。

「無実が証明されれば、その話も、きっと好転するはずです」

佐藤の手が天野の背中を優しくさすった。

「天野さん、悪い話だけではありません」倉永が言葉を継いだ。「関東理科大学の人工衛星ＸＡＩのことであなたは気を揉《も》んでいたようですが、ＪＩＮ－１から降ろすことはないと決定されたそうです」

「本当ですか」

思わず、天野は倉永の手を握りしめた。

「ええ。ＸＡＩは予定通り、三日後、木曜日の午後三時に宇宙へ向かうことになったのです」

天野が関わったのは地上の解析ＡＩであり、ＸＡＩ自体に工作して妨害することはできないと判明したからということであった。

「もっといい報せがあります――ＪＡＸＡに匿名のメールが届いたそうです。手配されている男が次の打ち上げを妨害する方法についてホテルのバーで密談していたと、それに書かれていたそうです。土曜日の事故調査チームの会議では、天野さんが打ち上げの妨害にも関与しているかについては懐疑的だったそうですが、このメールが届いたことで、すべて、あなたによるものだとの見解が広がっています」

「なんで、そんなことになるんですか」呆れかえって、天野はため息をついた。「そんな匿名メール、大嘘じゃないですか。それなのに、前回の打ち上げの妨害も、ぼくがやったことに？　部外者のぼくには、管制システムにウイルスを仕掛けるなんて、できませんよ」

「打ち上げを妨害しようとＪＡＸＡへのハッキングを試みたコンピュータ技術者がいた。様々な手法で挑んでいるうちに、自分が開発に携わったイシュタル・システムがＪＡＸＡに導入されていることに彼は気づいた。システムを知り尽くしている彼は、当然、その弱点も把握している。それを利用し、ウイルスをＪＩＮ－１の管制システムに送り込んだと、事故調査チームでは推測しています。ですから、あなたが密かにイシュタル・システムを使ってＪＩＮ－１の打ち上げを再び妨害するのではないかと警戒して、そのようなことが可能なのかを東京電算に確認してもらっています。すぐにでも開発用のＩＤが使えなくなるかもしれません」

抑揚なく倉永は語った。

「ＡＩで顔認証しているとは東京電算も思わないでしょうから、開発用のＩＤが見つかって削除されることはないでしょう」

それでも、一応、天野は確認をした。今のところ、開発用のＩＤは問題なく使えていた。

「そんなことよりも、ぼくへの疑惑です。佐藤さんが疑われることになった資料室のマウスの入れ替え、あれこそ、ぼくにはできません」

「以前の打ち上げ延期のとき、あなたは関東理科大学の関係者とともに、状況の説明を聞きに筑波を訪れていますよね。そのときに、先を見越して会議室のコンピュータのマウスと入れ替えておいた。そのマウスに佐藤さんの指紋が付着していた。そして、筑波で再調査をした際、わたしたちの分室のコンピュータのマウスと入れ替えられたものだと、あなたは周囲を間違った方向へと誘導した」

「そんな……どうして、そんな強引な妄想を信じられるんですか……狂ってる……」

天野は力なく首を横に振り、うつむいた。

「ひとという生き物は、都合のいいストーリーを信じたくなるものです」

倉永に指摘された天野は、かつて、かなり無理な推理を積み重ねて星原を疑おうとしていたことを思い出していた。

倉永は続けた。

「ＪＡＸＡの面々も同じです。自分と同じように宇宙への夢を抱いている仲間がＪＡＸＡを裏切るはずがないと信じ込み、外部の技術者が犯人だと決めつけているのです。そのために、都合が悪い事実はねじ曲げられたのです。あなたが展示室に入ったのは、発火装置を探すためだと、水川さんから証言があったようですが、だれも信じませんでした。モーグラーで発火装置を仕掛けた後、いかにも、見つけたかのように装い、それを回収するときに爆発物を仕掛けたのだと、断定しているのです。まあ、犯人である水川さんの目論見通りなのでしょうけど」

「それのどこが、いい報せなのですか？」

失望しきった天野は、つぶやくような声を出すのがやっとだった。

「天野さん、あなたが犯人でないということを確信できました。匿名メールには、妨害の密談をしていたのがホテルのバーだったということだけでなく、密談の相手はベリーショートの金髪の女だったこと、さらには、途中まで、短髪のオールバックの男が同席していたことも記されていたそうです」

「それって、倉永さんと食事をしたあとのことじゃないですか。妨害の密談をしていた相手は、スペース・ジェネシス社のキャサリン・ハリスということになります」

「あのとき、わたしがキャサリンに声をかけて、話し合いの場を設けました。もし、あなたが犯人であり、その協力者がキャサリンであるのなら、密談をするためにわざわざわたしを間に挟む必要はありません。さらに言えば、あのときのふたりの態度です。あなたたちが初対面だったのは明らかです。あれが芝居だったのなら、防諜の任にあるわたしが必ず違和感を察知しているはずです——ですから、真の犯人があなたを陥《おとしい》れるために、嘘を記した匿名メールを送ったとしか考えられません」

「あなたを信じてよかった」

佐藤の温かい手が天野の手を握りしめた。

「あのバーには、ほかの客はいませんでした。ぼくとキャサリンと倉永さんがいたことを知っているのは、バーテンダーだけです。ぼくとキャサリンが話していたという事実を利用し、バーテンダーが嘘の匿名のメールを送ったか、三人があの店にいたことを水川さんに教え、水川さんがメールを送ったか、ふたつにひとつです。どちらであっても、バーテンダーと水川さんが繋がっているということになります」

天野は耳たぶをさすり、バーテンダーの顔を思い出そうとした。

「不用意な断定は、わたしたちを真実から遠ざけてしまいます。慎重に考えるべきです」

天野に向けられた倉永の視線は、ほかに答えがあると言いたげだった。

「ですが——」

「水川さんの協力者は、スペース・ジェネシス社のキャサリン・ハリスかもしれません」

「それだと、キャサリンは、自分が妨害に関わっていると、自ら表明したことになりますよ」

「あなたが捕まるまでは、あくまで疑いが向くだけです。そして、あなたが捕まって取り調べを受ければ、当然、犯行を否認し、バーではＨＯＫＵＴＯのことを話しただけだと自供することになります。どちらに転ぼうと、スペース・ジェネシス社が妨害に関わったという事実は出てきません。それだけに、わたしはバーテンダーよりもキャサリンを疑っています」

倉永の口調は断定的だった。

「でも、なんのために、そんなことを？」

「あなたにさらに注意が向いて、ＪＡＸＡの警戒に隙が生じることを狙ったのかもしれません」

「倉永さん、お願いです」天野は深く頭を下げた。「証言してください。あなたもバーにいたこと、そして、妨害の密談などなかったことを」

「わたしが証言しても、あなたへの疑念は消えません」冷淡な声が天野の頭の上を通り過ぎていった。「わたしは途中で席をはずしています。その間に、どのような会話があったのかを知りません。ですから、わたしがいくら証言しても、あなたの無実の証明にはなりません。なにより、わたしも仲間ではないかと疑われかねません」

「それなら……それなら……」頭を上げて、倉永を見据えた。「バーテンダーとキャサリンを監視するべきです。それをぼくにやらせてください」

天野は倉永に申し出た。

「気持ちは理解します」佐藤がなだめるように天野の肩を優しくさすった。「キャサリンとバーテンダー、ともに天野さんは顔をあわせていますよね。そういった人物の監視は、素人には無理です。わたしたちに任せてください」

「いえ、案外、キャサリンの監視だけは、天野さんでも上手くいくかもしれません——匿名メールの件は、警察にすぐに通報されました。メールには、密談をしていたバーのことが具体的に記されていたので、警察ではすぐに店を特定できたそうです。それと、スペース・ジェネシス社のキャサリン・ハリスがメールに書かれていた『ベリーショートの金髪の女』ではないかと疑った事故調査チームは、警察に調べてもらったそうです。警察がバーテンダーにキャサリンの写真を見せたところ、間違いないと証言があったとのことです。さらには、途中まで同席していた男の捜査も進めているようですけどね。まあ、今のところ、わたしの名前はあがっていないようなので、安堵はしています」

「倉永一尉、そういうことであれば、少なくともキャサリンの監視を天野さんがしてはいけない。きみの話からして、警察もキャサリンに注目して、監視しているはずだ。天野さんがキャサリンを監視するとなれば、天野さんを探している警察に近づくことになる。危険だ」

「警察がキャサリンを監視しているからこそ、防諜の素人でもキャサリンの監視ができると思います」

倉永は自信に満ちた笑みを見せた。

★

天野は佐藤と雑談をする芝居をしながら、通りを挟んで、キャサリンが宿泊しているホテルを見やっていた。

玄関前の明るい照明のなか、外出しようとするキャサリンが見えた。

「さて、行きましょうか」

佐藤に肩を叩かれ、天野はひとつ、うなずいた。

倉永が見せた自信には根拠があった。そして、それは正しかった。

キャサリンの尾行は、素人の天野にも容易《たやす》く、警察に見つかる恐れもなかった。

ホテルの前にいたふたりの男が、銀座方面へ歩いて向かうキャサリンのあとを追い始めた。

キャサリンを監視している刑事に違いない。

男たちは前をいくキャサリンにばかり意識を向けて、背後を気にかけることがない。おかげで、天野と佐藤は男たちを尾行するだけで、警察に見つかる心配もなく、キャサリンに気づかれることもなく、キャサリンの行動を監視できていた。

しかし、焦りはあった。

月曜日の夜から始めた監視は、すでに三日目となっている。しかし、成果はなんらあがっていない。

ＪＩＮ－１の打ち上げは翌日に迫っている。

このままでは、まんまと打ち上げを妨害されてしまう。

苛立ちが天野に舌打ちをさせた。

「落ち着きましょう。何日も監視しても、なにも見つからない。それが防諜では日常茶飯事です。焦っていては、目の前に情報の宝石があっても、石ころにしか見えず、見逃してしまいます」

天野をなだめると、佐藤が携帯電話で倉永に状況を報せた。

倉永は水川を尾行している。その水川も、今、銀座に出てきているとのことだった。

「さて、今夜こそ、ふたりは接触するかもしれませんよ」

佐藤の声に昂奮の響きはなかった。諦めているようにさえ聞こえる。

前日も、前々日も、同様のことがあった。しかし、水川とキャサリンが会うことはなかった。すれ違いざまに情報をやり取りする様子も確認できていない。

「倉永一尉からの連絡だと、あのビルのカフェに水川さんはいるようです」

佐藤が指さす。

キャサリンがそのビルに入ることはなかった。前を素通りすると、ふたブロック先でバーに入った。

じっと外で様子をうかがっていると、若い男とともにキャサリンが出てきた。天野には見覚えのある顔だった。最近、将棋ＡＩソフトの開発で注目されている若手プログラマだった。

毎晩、キャサリンはＡＩの技術者と会っている。スペース・ジェネシス社へ誘っているに違いない。

天野は長い息をこぼした。

すでに水川はＪＩＮ－１の打ち上げ妨害の準備を終えていて、今さらキャサリンと打ち合わせすることはないのだろう。

あるいは、水川の協力者は、キャサリンではなくバーテンダーなのかもしれない。

いずれにせよ、キャサリンの監視は無駄でしかなかったのだ。

「お疲れのようですね。天野さん、先にマンションに帰って、休んでください」

佐藤が柔らかな笑みを向けてきた。

「でも、佐藤さんはずっと徹夜ですよね。佐藤さんのほうこそ、休まないと」

佐藤と倉永は、連日、キャサリンと水川に動きがないことが確認できると、バーテンダーが勤務を終えるのを待ち伏せ、そこから尾行している。

「このくらいのことで音《ね》をあげる体ではありません。明日は打ち上げです。なにがあるかわかりません。なにがあっても対応できるよう、しっかりと体力を回復させてください——心配しないでください。キャサリンが泊まっているホテルからマンションまでは、歩いても一分ほどです。なにかあれば、すぐに連絡します」

背中を押された天野は、抗いきれずマンションに戻った。

しかし、監視を続ける佐藤と倉永のことを考えると、眠るわけにはいかなかった。

もう一度、イシュタル・システムで水川のコンピュータを精査した。だが、なにも見つからなかった。

そういえば……。

情報があれば連絡する、という学生の日向の電子メールを思い出し、藁《わら》にもすがる思いで、天野はメールの確認をした。

日向からのメールはなかった。

しかし、見覚えのないアドレスからのメールが天野の注意を惹《ひ》いた。

「そんな……」

中身を確認した天野は、部屋の電話に飛びつき、佐藤と倉永に、すぐに戻ってきて欲しいと連絡した。

「とんでもないことになってしまいましたね……」

コンピュータの画面をのぞき込んでいた倉永が、手を額に添え、かぶりを振った。

★

JAXAのスーパーコンピュータに自爆プログラムを仕掛けた。

打ち上げの一秒後に、指令破壊コマンドが管制システムを経由して送信され、JIN－1は爆発することになる。

ハイブリッド・ロケットの設計図、それと燃料の成分データをJAXAから盗み出し、こちらが指定する先に明日、午後二時五〇分までに転送すれば、自爆プログラムを解除する。

イシュタル・システムに開発用のIDが存在していることは、こちらでも察知している。それを使えば、データの窃取《せっしゅ》は可能なはずだ。また、防衛省の佐藤とともに動いていることもわかっている。なんらかの準備が必要であるのなら、佐藤に協力を求めろ。

なお、NASAはスペース・ジェネシス社に、アレス・ワンに使われていた固体燃料ロケットの技術を供与することを決めた。この技術とハイブリッド・ロケットのデータをもとに新型ロケットの計画が進められることになる。このロケットの制御系AIの開発に協力するのなら、国外逃亡の手助けをすることを約束する。

データの転送先が追記されたメールは、一方的に向こうの要望を伝えていた。いや、天野を脅迫していた。

転送先として、ロシアあたりの管理が杜撰《ずさん》なサーバをハッキングして確保しているのだろう。そこから同様のサーバをいくつも経由することで、足がつくことを避けているに違いない。

犯人は、先の先を読んで行動する。

そのことを完全に失念していた。

天野の拳がデスクを殴りつけた。

星原が疑われたとき、ＵＳＢメモリに入っていたコンピュータ・ウイルスから指令破壊コマンドが見つかった。

あのとき、なぜ犯人は指令破壊コマンドを使ってＪＩＮ－１を爆破しなかったのかという疑問が生じた。

今、その答えがわかった。

自爆プログラムなど虚仮威《こけおど》しに違いないと決めつけられて、メールが無視されてしまうことを回避するために、水川は、あのとき、切り札としか思えない指令破壊コマンドをあえて見せつけたのだ。

悔しさに天野は唇を嚙んだ。

「天野さん、あなたがひとりで責任を感じることはないと思います」

佐藤が天野の肩に手を添えてきた。天野は、そっと、その手を外した。

先の先の、さらに先を読まなければならなかったのは、その点だけではない。

天野がキャサリンらしき人物と妨害の密談をしていたという匿名メールには、ＪＡＸＡの目を外に向けさせる目的もあったのかもしれない。しかし、もっと大きな目的があった。

匿名メールにより、犯人に協力者がいることを暗に示唆したのは、逃走し続けている天野の状況を確認するためだったに違いない。

キャサリンかバーテンダーの周辺に天野が姿を見せれば、匿名メールの内容を天野が把握していると推測でき、天野に状況を報せる人物がＪＡＸＡ内に存在することになる。

その存在の有無を水川は確認していたに違いない。

キャサリンがホテルから外出したとき、毎回、水川はキャサリンが向かっている周辺のカフェにいた。あれは、キャサリンについた尾行を観察するためだったのだろう。そして、キャサリンを監視していた刑事たちさえ気づいていなかった佐藤と天野の動きを察知したとしか考えられない。

これは、キャサリンと水川の間で打ち合わせがなければできないことだ。

脅迫メールの文面からは、スペース・ジェネシス社の関与が読み取れるが、それは偽装かもしれないと天野は疑った。しかし、それはただの疑念でしかなかった。

水川の協力者はバーテンダーではなく、スペース・ジェネシス社のキャサリン・ハリスだったのだ。

水川とキャサリンは、当初、ＪＡＸＡを脅して、ハイブリッド・ロケットの機密を入手するつもりだったのかもしれない。

しかし、天野の状況を把握して、計画を変更したのではないだろうか。

同様の内容のメールがＪＡＸＡに届けば、ＪＡＸＡは徹底的にスーパーコンピュータ内を精査し、自爆プログラムを探すだろう。それでも見つからなければ、打ち上げを中止するに違いない。

それにより、商業ロケット市場でのＪＩＮ－１の評価は下がるものの、スペース・ジェネシス社はハイブリッド・ロケットの機密を入手することはできない。

しかし、天野を脅せば、結果は大きく違ってくる。

逃亡の身である天野が通報しても、ＪＡＸＡも警察も信じないだろう。

ＪＩＮ－１の自爆を回避するために、天野はハイブリッド・ロケットの機密を盗み、送信するしかなくなる。そう考え、水川とキャサリンは天野へ脅迫のメールを送ったに違いない。

天野の耳の奥では、キャサリンの声が再生されていた。

――気を抜けば潰される。だから、潰される前に相手を潰す。その現実があるだけよ。わたしは勝つためにプレイしているの。一応、ＴＰＯはわきまえているつもりよ。まだ、ぎりぎりのところで留まっているわ。

ロケットの打ち上げを妨害し、その罪を他人に押しつける。さらには、機密を入手するために脅迫する。それは、すでに「ぎりぎり」を超えてしまっているはずだ。

天野は拳を握りしめた。

爪が手のひらに食い込む。

また、犯人の思惑通りに動いてしまっていた。すべて、犯人が描いたシナリオ通りになっている。

いや、違う。犯人は大きな見落としをしている。

佐藤も倉永も、ただの自衛官ではない。防諜の任にある。そのことを知らない犯人は、自分が窮地にあることを知らないでいるはずだ。

「犯人たちの真の目的がハイブリッド・ロケットの機密だとはっきりしました。これで、情報保全隊が全面的に捜査に乗り出せますよね」

天野は勝利を確信していた。倉永たちが組織として本格的に動くとなれば、水川を尋問して、スーパーコンピュータのどこに自爆プログラムを保存したかを自白させ、それを解除できるはずだ。

倉永と佐藤が目で合図を送りあう。

そして、佐藤が小さくうなずいて、切り出してきた。

「あなたに無駄な心配をさせてはいけないと配慮して伏せていたのですが、天野さんが密談していたとされているバーにいた三人目が、倉永一尉だと特定されてしまったのです。防衛省から出頭を命じられたものの、それを無視して、今、倉永一尉は逃亡の身なのです。出頭して、すべてを話せばよかったのですが、長時間の聞き取りが予想され、その間、監視が手薄になってしまい、妨害を阻止できなくなると危惧した結果です。苦渋の判断だったのですが、それが裏目に出てしまいました。あのとき、説得して倉永一尉を出頭させておくべきでした――この状況で組織を動かすとなると、すべてを説明し、その裏付けの調査が必要になります。とても打ち上げまでには間に合いません。ヒアリングという名の防衛省での取り調べを受けたことがあるわたくしだからこそ、それは断言できます」

「それならば、三人で水川さんを拉致《らち》しましょう。そして、スーパーコンピュータのどこに自爆プログラムを保存したかを白状させるんです。あなたたちなら、簡単な――」

「無茶を言わないでください」倉永が遮った。「わたしたちは、スパイ捜査の訓練は受けていますが、工作活動の訓練は受けていません」

「でも、ぼくだって、あなたに拉致されたも同じですよ」

「警察に追われているという弱みがあなたにあったから、上手くいっただけです――正直、八方塞《ふさ》がりです」

「そんな……」

落胆した声が天野から転げ落ちた。

いや、くよくよしている場合ではない。

まだ、諦めるわけにはいかない。

やれることをやるだけだ。

天野はイシュタル・システムを起動し、ＪＡＸＡのスーパーコンピュータにアクセスした。

スーパーコンピュータは、ＪＡＸＡのなかで、もっともセキュリティ・レベルが高く、接続するには一度きりしか使えないＩＤの発行を受けなければならない。

しかし、ＪＡＸＡ内のネットワークを監視するイシュタル・システムがあれば、そのようなものは不要だった。

天野が操作するコンピュータの画面にずらりと文字列が並んだ。

スーパーコンピュータ内に保存されているデータのほんの一部である。

スーパーコンピュータ内から自爆プログラムを見つけるのは、無限に広がる宇宙のなかで、ひとつの小惑星を見つけるのと同じくらい困難であり、天野には不可能だと犯人は決めつけているに違いない。

今度こそ、犯人の思惑を超えてやる。

自爆プログラムを見つけて削除し、ＪＩＮ－１の爆破を絶対に阻止しろ。

天野は自分に命じた。

キーボードの上を天野の指先が走り、視線がモニタ上を疾走する。

探すべきものは、わかっている。

星原が疑われることになったとき、リストの四番目の場所で見つけたＵＳＢメモリには、指令破壊コマンドを使った自爆プログラムが保存されていた。指令破壊コマンドは、その後、変更されているが、プログラム上での基本的な形式は変わっていないはずだ。

天野の指先と視線が加速する。

そのとき、コンピュータ画面の背景が青く点滅し始め、メッセージが表示された。

――残り五分です。作業を継続する場合は「Ｙ」のキーを、中止する場合は「Ｎ」のキーを押してください。

開発用のＩＤを使って外部からイシュタル・システムに接続する場合、一〇分という制限時間がある。

青色の点滅は、あと五分で接続が切れるという警告である。

点滅は、残り三〇秒で黄色に、接続が切れる一〇秒前には赤色になる。そのときには作業の継続を確認するメッセージは表示されない。

躊躇なく、天野の指先が「Ｙ」のキーに向かう。しかし、横からほかの指が伸びてきて、先に「Ｎ」のキーを押した。

通常のコンピュータ画面に切り替わる。

「なにをするんですか。邪魔をしないでください」

声を荒らげると、天野は指先を走らせ、再び開発用のＩＤを使おうとした。

「落ち着きなさい」

倉永の声が飛んできた。同時に天野の頰に痛みが走った。

倉永の手のひらが虚空で行き場を失っていた。

「勝手に作業を止めたことと、殴ったことは謝ります」倉永の声には、赤ん坊を抱くような優しさがあった。「まずは冷静になってください。今、開発用のＩＤが使える一〇分のうち、半分を使ってしまったのですよね。ここで残りの五分までも失ってしまえば、わたしたちは、なにもできなくなってしまいます。明日の打ち上げまでには多くはないものの、まだ充分に時間はあります。まずは、じっくりと考えましょう」

「考える余地なんて、どこにもありません」天野の視線が倉永から逃げた。「こんな汚い手を使うスペース・ジェネシス社が、ハイブリッド・ロケットの技術を入手してさらに成長するなど、絶対に許せません。ですから、残り五分に賭《か》け、自爆プログラムを見つけて削除するしかないんです」

「ほかに手はないのでしょうか？　偽のデータを送信して騙すというのは、どうでしょうか？」

遠慮がちな声と表情で提案してきた佐藤に、天野は小さく首を振った。

「向こうは専門家です。その目を欺くデータを、ロケット工学の素人であるぼくたちに作れるとは思えません。打ち上げの一〇分前までにデータを送信しろと向こうは要求しています。自爆プログラムの解除なんて、数秒でできるはずです。この一〇分は、送られてきたデータを精査するための時間でしょう。素人が改竄《かいざん》していれば、その程度で見抜けると判断しているに違いありません」

「それなら……ひとつ、うかがいます。イシュタル・システムで管制システムに侵入することは可能なのでしょうか？」

「ＪＡＸＡ内のほかのコンピュータからは管制システムに接続できないように設定されていますが、それは、あくまでもシステム上のものです。イシュタル・システムはＪＡＸＡ内のすべてのコンピュータを監視していますから、可能だと思います」

「それであるならば、管制システムへの侵入を具申します。そして、スーパーコンピュータとの通信に必要なデータを削除するのです」

昼行灯と揶揄されていることが嘘に思えるほどに真剣な眼差しが佐藤から向けられた。

「管制システムとスーパーコンピュータとの通信を妨害しろと？　そんなことをすれば打ち上げは中止になってしまいます」

「それにより、爆破は阻止できます」

「ぼくに犯罪者になれと？」

天野は質問を重ねた。

「天野さんには恩があります。削除そのものは、わたくしが実行して罪を被《かぶ》り、恩返しする覚悟です」

「それでは意味がないんです」

今回の打ち上げが中止になれば、その余波で、関東理科大学の人工衛星ＸＡＩが宇宙に行けなくなってしまうことを天野は説明した。

「ぼくひとりの判断で、ＪＩＮ－１の打ち上げを中止させていいのか、ということもあります」

天野は棚に飾ってあった地球儀を手にした。「でも、それだけではありません。この三〇センチほどの地球儀が実際の地球だとして、国際宇宙ステーションや多くの人工衛星は、どのあたりを飛んでいるのか、ご存知ですか？」

「さあ……このあたりでしょうか？」

佐藤が地球儀、一個分ほど離れたところを指さした。

「通信衛星、気象衛星といった静止軌道に打ち上げられた人工衛星は、約三万六〇〇〇キロ上空を飛んでいます。地球の直径が一万三〇〇〇キロ弱ですから、そのほぼ三倍になります。でも、ほとんどの人工衛星が飛んでいるのは、高度三〇〇キロから五〇〇キロです」

天野は地球儀をまわし、自分たちがいる東京の部分に人差し指を添えた。

「これと同じくらいの大きさの地球儀が、ぼくの部屋にも、関東理科大学の研究室にもあります。ぼくたちは、この地球儀を見て、自分たちの人工衛星が地球を周回する姿を夢見てきたんです――この地球儀の縮尺だと、ちょうど、ぼくの爪をかすめるようにして、多くの人工衛星は地球を周回しています。ほんの一センチほどの高さです。でも、この一センチが、ぼくたちには遠いんです。ここに夢を送り込むために、笑い、泣き、悩み、苦しんできました。関東理科大学のＸＡＩには、ぼくだけでなく、学生たちの夢が詰まっています。もう少しで、彼らの夢が、この遠い一センチに届こうとしているんです。それをハッキングして阻止するなんて、ぼくにはできません」
天野は佐藤を見据えた。
なぜだか、佐藤の顔がにじんで見えた。

第九章

種子島の長谷展望公園に航空宇宙ファンが集まりつつあった。

まだ早朝の上、打ち上げの延期が重なったこともあって、その数は多くはない。

彼らは、なだらかに続く丘陵地帯と碧い海との境界へ熱い視線を向けている。

今日こそ、宇宙へ旅立ってくれ。

天を指さすように直立しているハイブリッド・ロケットＪＩＮ－１へ祈りを送る。


眠れなかった。ずっと、どうするべきなのかを考え続けていた。

しかし、結論を得られないまま、天野はＪＩＮ－１の打ち上げが行われる日の朝を迎えていた。

テレビの横に並んでいるオーディオ・システムからビートルズの「レット・イット・ビー」が流れている。

「最終的な判断はあなたに委《ゆだ》ねようと思います」天野と同様に夜を徹していた倉永が神妙な面持《おもも》ちを見せた。「ですが、決断の前に、わたしの考えを伝えておきます。わたしは、ハイブリッド・ロケットの機密を送信するしかないと思います」

「スペース・ジェネシス社に屈しろと言うのですか？」

せり上がってきた感情を隠し、天野は声を抑えた。

「一時的には、そういうことになります。ですが、スペース・ジェネシス社と水川さんを野放しにするわけではありません。天野さんが決断すれば、わたしは防衛省に出頭し、すべてを話します。独断で動いたことでわたしは処分され、捜査からは外されるでしょう。しかし、情報保全隊には、わたしなどでは足元にも及ばない有能な隊員がいくらでもいます。彼らが必ずや、証拠を確保し、スペース・ジェネシス社と水川さんを追及するはずです。そして、ハイブリッド・ロケットの機密を奪還してくれるはずです」

天野に向けられた倉永の視線は、信頼して欲しいと訴えていた。

「わたくしも倉永一尉の考えを支持します。ですが、まだ望みがあるかもしれないので、これからキャサリンの監視に向かいます」

部屋を出る佐藤の背中を見送ると、天野は黙ったままコンピュータを操作し始めた。

会社のコンピュータから解析用のツールを転送したとき、そのなかにテレビ会議用のプログラムが含まれていたことに天野は気づいていた。

そのプログラムを起動して、関東理科大学の研究室との回線を開いた。ただし、向こうからは、それがわからないよう、こちらからの映像、音声は送信しないように設定しておいた。

人工衛星ＸＡＩの打ち上げの日とあって、すでに研究室には日向をはじめ学生たちの姿があった。徹夜した学生もいるのだろう。雑然とした研究室のそこかしこにスナック菓子やカップ麵《めん》のゴミも見える。そのなかで、学生たちが昂奮気味に雑談している。天野が贈った地球儀も画面の隅に映っている。

犯人の要求に従い、ハイブリッド・ロケットの機密を送信するしかないのかもしれない。

そうすれば、彼らの笑顔を、夢を、守れる。

なにより、機密を渡すのではない。情報保全隊の捜査の手が伸びるまでのほんのわずかな間、預けておくだけだ。

天野の指先が耳たぶをさすった。

前回までとはいかないものの、昼過ぎには、多くの航空宇宙ファンが長谷展望公園に集まっていた。

ざわめきのなかには、多くの不安が含まれていた。

また失敗するのではないか……。

今回も無駄足になってしまうのだろうか……。

彼らの思いなど意に介していないかのように、南の島の空は蒼く澄みわたっていた。

「ひとつ、訊いてもいいですか？」

決断を下すことができないでいた天野は、沈黙に耐えきれなくなって、ソファで足を組んで黙りこくっていた倉永に声をかけた。

「なにか、気になることがあるのですか？」

倉永が顎をさすった。

「どうして、スペース・ジェネシス社は、こんなことをしたんでしょうか？　真相が露見したら、会社が決定的なダメージを受けてしまうことは、わかっているはずなのに……」

「ひとは望みが絶たれると、暴挙に出てしまうことがあります。打ち上げが成功してＪＩＮ－１の評価が上がれば、スペース・ジェネシス社は商業ロケット市場で窮地に追いやられてしまいます。こうやって勝負に出る以外には、活路を見いだせなかったのではないでしょうか」

「望みですか……」

まだ、望みはわずかながら残されているかもしれない。

天野はデスクの上の電話に手を伸ばした。そして、記憶の奥から引っ張り出した番号を押していった。

「なにをするつもり――」

倉永の問いを手で制して、天野は呼び出し音が途切れるのを待った。

「どなたでしょうか？　申し訳ありませんが、今、手が離せないところなので、夕方以降にかけ直してください」

女性の無愛想な声がした。

ほんの数日、星原の声を聞いていなかっただけなのに、天野にはやけに懐かしく思えた。

「それでは手遅れになってしまうんです」

「その声は天野さん？　どこにいるのですか？　お願いです。自首してください」

「自首するわけにはいきません」

スーパーコンピュータに自爆プログラムが仕込まれていて、ＪＩＮ－１が打ち上げ後に爆発することを天野は説明した。そして、スーパーコンピュータのデータを精査する時間はまだ残っていると、説得しようとした。

「とんだ悪あがきですね」受話器の向こうで蔑《さげす》むように笑う星原が天野の脳裏に浮かんだ。「脅迫のつもりですか？　そんな見え透いた嘘でＪＩＮ－１の打ち上げを妨害できると思っているのですか？　逃亡しているあなたには、自爆プログラムを仕込むことはできません」

「脅しではありません。事実です。なにより、ぼくは犯人ではありません。真犯人は水川さんです」

「システム部次長の？」

「そうです。彼女の背後にいるのは、スペース・ジェネシス社で」

「ひとを呼び出しておいて連絡もないまます、ぽかすひとの言葉を真に受けるわけにはいきません」

「それは、待ち合わせ場所に刑事を――」

「だれに電話しているのですか？」

横から倉永がねじ込んできた。

「星原さんです」とだけ答え、天野は星原の説得に戻った。「今、ぼくが頼れるのは、あなただけなんです。ぼくを信じてください」

「犯人に信じてくださいと頼まれて、はいはいと鵜呑《うの》みにするひとなんていません。頭がおかしくなったのですか？　まあ、あんなもので大臣に危害を加えられると思っていた時点で、あなたの頭は、おかしくなっていたのでしょうけどね」

「大臣の命を狙うという時点で正気だとは思えませんが、あれは、ぼくがやったことではありません」

「そういう意味ではありません。大臣があそこに近づく時刻なんて、だれも正確に予想できないのに、時限式の爆破装置を使ったことが馬鹿だと指摘しているのです。わたしが犯人なら、近くで様子をうかがってタイミングを見極め、遠隔操作で爆破します。タイマーなんて使いません」

「いえ、それは――」

「これは、わたしからの最後通告です」星原の声から表情が消えた。「こちらから依頼したことはいえ、その立場を利用してＪＡＸＡに入り込み、あれやこれやと調査するふりをして偽の証拠をでっちあげて他人に疑いを向けたあなたを、わたしは許しません。あなたがさらに罪を重ねるのは勝手です。しかし、わたしも悪魔ではありません。この電話も脅迫も、なかったことにします。あなたのようなひとが警察の捜査から逃げ切れるとは思えません。警察の手を煩《わずら》わせる前に自ら出頭してください」

「ですから、脅迫なんかではなく――」

天野が抗弁する前に電話は切られた。

天野は気力を失った手で受話器を戻した。

星原を説得するのは、木星で生命体を発見するよりも難しいと覚悟していた。しかし、ここまで拒絶されるとは予想できていなかった。少しは聞く耳を持ってもらえるだろうとの期待があった。

万事休す。

天野はうなだれた。

それにしても……。

星原とのやり取りのなかで、なにかが引っかかったような気がした。しかし、それがなんなのかは、わからなかった。記憶を辿って探ろうとしたが、思考は空回りし続けるだけだった。

午後二時三〇分。

打ち上げまで、あと三〇分となり、長谷展望公園は前回の打ち上げ時に近い熱気に包まれていた。

倉永が、打ち上げを中継しているテレビに向けていた視線を、腕時計へと落とした。

「せかしたくはないのですが、そろそろ決断の時間ですよ」

腕時計……タイマー……。

そうか。

星原の言葉のなにが心の奥に引っかかっていたのか、天野はやっと気づけた。

電子メールを開いた。事件の報道をまとめておいたので参考にして欲しいと、丸井社長が送信してきたものだ。

このなかにあるはず……。

マウスを操作して、目的の情報を探す。

コンピュータの画面に、小さな箱の写真が映し出された。

ＪＡＸＡの展示室に仕掛けられていた爆発物だとのテロップがある。

天野は耳たぶをさすった。

犯人がＪＩＮ－１の打ち上げリハーサルを妨害しようとしてスーパーコンピュータ棟に仕掛け

た発火装置と、その爆発物はほぼ同じ大きさに見える。

ふたつには、球体と立方体という違いがある。

しかし、もっと大きな違いがあった。

天野が回収した発火装置には、結束バンドでスマートウォッチが固定されていた。だが、写真の爆発物には、タイマーが固定されている。

星原が指摘した通り、これでは、遠隔操作でタイミングを見計らって作動させることができず、大臣に危害を加えるのは難しい。

犯人の目的が大臣に危害を加えることではなく、天野へ嫌疑を向けることであれば、このタイマーでも充分だと思える。

だが、疑問は残る。

犯人は、なぜ、スマートウォッチではなく、タイマーを使ったのだろうか。

電気信号を爆発物に送る導線を引っ張り出すために、タイマーにわざわざ改造を施しているようだった。スーパーコンピュータ棟に仕掛けていた発火装置と同様に、スマートウォッチを使えば、このような手間は不要だったはずだ。なにより、これでは確実に大臣を狙えないとの疑念を持たれてしまう。

指先が額を叩く。

いくつもの思考が頭のなかを駆け巡る。やがて、それらは一点に集約されていった。

なんということだ。とんでもない間違いを犯していた。

両手が頭を掻きむしる。

長い息をこぼすと、天野は腕を組んで虚空の一点を見つめ、自分の推論を何度も検証した。どの方向から考察しても、この考えが正しいように思えた。

そうなると、どうすればいいのだ……。

頭のなかで様々なシミュレーションを試みる。しかし、どれも暗い未来にしか到達しない。

天野は唇を嚙みしめた。

「難しい決断だとは理解しています。しかし、時間は限られています」

倉永が声をかけてきたが、天野は応えることなく、思考の深みへと意識を潜らせていった。

思考の闇のなかで、ひとつのアイデアがほのかに光った。

確実に成功するとは言い難い。しかし、これに賭けるしかない。

決心した天野はＷｅｂカメラの位置を少しだけずらした。

そして、設定を変更して、テレビ会議のプログラムを起動した。


——ロケットＪＩＮ－１、最終カウントダウン進行判断の結果を報告します。

ＪＡＸＡが設置しているスピーカーから男性の声のアナウンスが流れると、長谷展望公園にいるだれもが口を閉ざし、耳に意識を向けた。

——現在、各系ともロケット打ち上げ最終作業を実施中です。また、警戒区域の安全が確認されており、気象条件も打ち上げに支障のないことが確認されました。したがいまして、ＪＩＮ－１の打ち上げを本日、日本時間午後三時ちょうどに実施します。

拍手と歓声が公園を占拠する。

――エックス・マイナス一〇分。

機械的な女性の声が歓声をさらに大きくした。

「なにをしているのですか。もう、迷っていられません。時間です。すぐにハイブリッド・ロケットのデータを送信してください。今なら、まだ間に合います」

倉永の手が天野の肩を揺さぶった。

その手を払いのけると、天野は倉永に体当たりした。

倉永の体がよろめく。

その隙に天野は駆けだした。

しかし、部屋のドアに伸ばした手を摑まれた。

「現実から逃避するつもりですか」

鬼のような形相で倉永が声を荒らげる。

「そうです。ぼくは逃げるんです」

「甘えるな」

コンピュータの前に戻すかのように、倉永が天野を投げ飛ばした。

「逃げるという選択は間違いだったということですか」天野はゆっくりと立ち上がった。「でも、どんなことがあっても、ハイブリッド・ロケットの機密は渡しません。真犯人のあなたにはね」

天野は倉永を見据えた。

——ＪＩＮ－１の打ち上げ状況をお知らせしています。現在、ターミナル・カウントダウン作業は最終段階にあります。打ち上げ八分前から打ち上げに向けた秒読みが開始されます。

男性のアナウンスに続き、女性の声が「四八〇」と告げると、公園の熱気がさらに上昇した。


「わたしが真犯人だと？」

表情のない声と視線が天野に向けられた。

「そうです。あなたがぼくを訪ねてきたとき、イシュタル・システムの保守用、さらには開発用のＩＤを教えて欲しいと依頼してきましたよね。あのときに気づいておくべきでした。あなたがハイブリッド・ロケットの機密を狙っている、とね」

天野は自分の推理を倉永にぶつけた。

当初、倉永は、資料室のコンピュータから管制室のコンピュータにハッキングを仕掛け、そこを足がかりにしてハイブリッド・ロケットのデータを盗み出そうと試みた。しかし、データが保存されているサーバには侵入できなかった。一方で、管制システムへの侵入には成功したので、上官の佐藤に疑いが向くように工作した上で、コンピュータ・ウイルスでＪＩＮ－１の打ち上げを妨害し、その調査を依頼されたイシュタル・システムの開発者に近づいた。イシュタル・システムのＩＤを聞き出し、それを使ってハイブリッド・ロケットのデータを盗み出す計画だったのだ。

「ＩＤの提示をぼくが断るのは、想定の範囲内だったのでしょう。その後も、ぼくは、あなたが想定した通りに動いてしまいました。スーパーコンピュータ棟に発火装置を仕掛けたとき、あえて、あからさまにリハーサルの妨害計画を漏らすことで、あなたはぼくの心理を操作しました。その結果、罠ではないかと警戒したぼくは、展示室からモーグラーを入れてしまいました。あれは、あなたの計画通りだったんです。ぼくの姿が展示室の防犯カメラに収められているはずだと予想して、あなたは、夜、アップデートのために防犯カメラが停止している隙に爆発物を仕掛け、ぼくに疑いが向くように仕向けたんです」

天野は強い視線を送った。

「その通りなら、わたしは天才ということになりますね」

倉永が表情を緩めた。

「天才だと思いますよ。でも、その天才にも思わぬ誤算がありました。そのひとつが発生したのが、防衛省からぼくを車で送ったときです。あのとき、ラジオがついていました。あなたは、爆破未遂のニュースが流れるのを待っていたんです。もし流れなければ、その連絡が携帯電話に入ってきたと芝居をして、ぼくを匿うつもりだったのでしょう。しかし、携帯電話のバッテリーが切れていたため、それができなかった。その上、ぼくは車から降りてしまった。ですから、あのあと、あなたはぼくを尾行した。そして、頃合いを見計らってぼくに声をかけ、ここに連れてきた。星原さんが待つカフェに向かおうとするぼくを、星原さんのまわりに警察がいる、と言って引き止めたのは、その場しのぎの嘘だった。だからこそ、さっきの星原さんとの電話で、ぼくがそのことに触れようとしたとき、割り込もうとしたんですよね？」

「それは思い過ごしです」

倉永の反論に耳を貸すことなく、天野は続けた。

「でも、もうひとつの誤算では、かなり動揺したと思いますよ。ぼくを匿ったあなたは、イシュタル・システムを使うように勧めました。あれは、IDとパスワードを横から盗み見するためだったんです。それを使って、ハイブリッド・ロケットの機密を盗むためにね。しかし、IDがAIによる顔認証だったため、盗むことができず、あなたは計画を変更せざるを得なくなった。その結果、あなたは匿名メールを送って、ぼくがキャサリンを尾行するように仕向け、その様子を水川さんが監視していたように見せかけた。そして、データを送信しろ、という脅迫メールに繋げたんです。つまり、キャサリンが外出した付近に水川さんがいたというのは、あなたの嘘です」

「仮にわたしが犯人だったとしても、さほど大きな誤算ではないと思ったでしょう。ですが、わたしは犯人ではありません。そもそも、わたしが犯人だという証拠がどこにあるのですか?」

倉永は手でひさしを作って、挑発するかのように、なにかを探す仕草をした。

天野は自分のペースを守って言葉を継いだ。

「最大の誤算は、展示室の爆破未遂でタイマーを使ったことです」

「そこに誤算はないように思います。犯人の目的は、大臣に危害を加えることではなく、あなたに疑いを向けることだったはずです。スマートウォッチを使えば、あなたが犯人でないと宣言しているも同じです。あなたは携帯電話を持っていませんからね」

想定通りの応答が返ってきて、天野の口元から笑みがこぼれた。

「それこそが、あなたの最大の誤算なんですよ」

天野はポケットからスマートフォンを取り出した。

「どういうことですか?」

倉永の怪訝な視線がスマートフォンに注がれる。

「ぼくは携帯電話を持っていません。それは、通信会社と契約していないので、携帯電話の番号を持っていないという意味です。しかし、音楽を聴いたり、写真を撮影したりするためにスマートフォンは持ち歩いています。スマートフォンとスマートウォッチとの通信は無線ですから、通信会社と契約していなくても可能です。ぼくが犯人であれば、当然、爆発物にもスマートウォッチを使うことになるんです——ぼくがスマートフォンを持ち歩いていることを犯人が知っていれば、スーパーコンピュータ棟に仕掛けた発火装置と同様に、展示室の爆破にもスマートウォッチを使ったはずです」

天野が指摘したいことを理解したのか、倉永は口をつぐんだままだった。

天野は倉永を追い詰める一手を放った。

「筑波の防衛省の分室に入って佐藤さんのマウスを入れ替えることができた疑わしい人物は四人です。そのなかで、ぼくが携帯電話を持っていないと思い込んでいる人物こそが真犯人ということになります——水川さんは、ぼくがスマートフォンを持ち歩いていることを知っています。資料室を調べたとき、彼女の前で、ぼくはこれを使って撮影しましたからね。システム部の部長の小林さんは、ぼくと会ったことがありませんから、ぼくの携帯電話の状況をまったく知りません。小林さんが犯人であれば、発火装置と爆発物で仕掛けを変える理由が見当たりません。総務部の部長の山中さんは、最初の調査で星原さんからぼくが説明を受けているときに同席していたので、ぼくが携帯電話の番号を持っていないことも、スマートフォンを持ち歩いていることも知っています」

「レストランでの食事のときに携帯電話を持っていないとあなたから聞かされたわたししか、犯人の条件を満たす人物はいないということですか――たしかに、最大の誤算でした」

倉永が唇を噛みしめた。

「ぼくが携帯電話を持っていないとレストランで知ったとき、ＡＩの技術者だから、当然、スマートフォンを愛用しているだろうと思い込んでいたあなたは、スマートウォッチを使った発火装置をすでにスーパーコンピュータ棟に仕掛けてしまっていたのでしょう。しかし、床下配線の奥に転がして入れていたため、仕掛け直すことができなかった。あれを遠隔操作で発火させ、さらには、燃え残ったパーツを密かに持ち去ったのは、スマートウォッチの流通経路から足がつくことを防ぐためではなく、スマートウォッチが使われたことが表面化すれば、ぼくに疑いを向けられなくなると危惧したから――」

天野が言い終える前に倉永の両手が伸びてきた。そして、天野の首を絞めつけた。

「倉永家の名誉のためだ。ハイブリッド・ロケットのデータを盗み取れ」

「そんなこと、絶対にしません」息が苦しいなか、天野は抗った。「送信先がスペース・ジェネシス社かどうかはわかりません。でも、ＪＩＮ－１の重要な機密はだれにも渡しません。あなたがスーパーコンピュータに自爆プログラムを仕掛けていないことは、わかっていますからね」

「殺されることになるぞ」

首にさらに強い力がかかる。

こんなところで死んでたまるか。

首に巻きつく倉永の手を振りほどこうと天野はもがいた。

ＪＩＮ－１の打ち上げを成功させる。

人工衛星ＸＡＩを宇宙へ送りだす。

そのために賭けにでた。

しかし、運がなかったのかもしれない。

「死ね。死んでしまえ」

倉永が目をつり上げ、口を歪ませる。倉永の手が一段と強い力で絞めつけてきた。

天野の視界が狭まっていく。

これで終わりか、と死を受け入れてしまいそうになったとき、扉を開く音が聞こえた。

「天野さん」

佐藤の声がした刹那《せつな》、首にかかっていた力が抜けた。

目の前から、倉永の姿がすっと消えた。

「どういうことですか、これは……」

佐藤が戸惑う。

焦点を失った視線を虚空に向けて横たわる倉永のみぞおちには、佐藤の拳が食い込んでいた。

「これが真相だということです」

ずっと首を絞めつけられていたせいで、天野は咳《せ》き込んだ。

「大丈夫ですか？」

「ええ、問題ありません」

「先生が襲われているから助けてと、日向くんから電話があったので急いで駆けつけて、相手を確認しないまま投げ飛ばしたものですから、状況を把握できないのですが……」

「ぼくが殺されそうになっているところを見たでしょうから、信じてもらえると思います。倉永さんが真犯人です」

「倉永一尉が……」

佐藤が横たわる倉永の姿を見やる。

天野はWebカメラに向かって、目配せした。

逃げ出すふりをする寸前、部屋の様子が映るようにWebカメラの位置を少しずらした天野は、テレビ会議のプログラムを起動して、関東理科大学の研究室との回線を繋いだ。ただし、こちらのコンピュータに向こうからの映像が表示されて倉永に気取《けど》られることがないように設定を変更しておいたのだ。

真相に気づいたとき、警察に通報するのも、ひとつの手段ではあった。

だが、携帯電話を持たない天野には、トイレなどから密かに電話することはできない。倉永の目の前で電話すれば、抵抗されると簡単に予想できた。その上、もしかしたら、警察が駆けつける前に、逆上した倉永が天野を殺害して逃走してしまうかもしれない。

佐藤に連絡して、ここに戻ってもらった上で、倉永を追及する手もあった。しかし、戻ってもらうために電話で佐藤に真相を話せば倉永に聞かれてしまい、警察に通報した場合と同じ未来しか見えない。かといって、曖昧《あいまい》な話をすれば、佐藤は監視を継続するかもしれないし、少しでも話に違和感があれば、天野が真相にたどり着いたことを倉永に悟られる恐れがあった。

そのため、倉永とあえて格闘し、その模様をテレビ会議で日向がいる関東理科大学の研究室に送信することを天野は選択した。

天野に助けが必要なときは佐藤に連絡すると約束をしたことを日向は覚えているはずであり、研究室のだれかがテレビ会議の映像の異変に気づいてくれることに、天野は賭けるしかなかったのだ。

「詳しい説明をうかがいたいのですが、まずは警察に連絡しましょう」

佐藤が携帯電話を手にした。

「すみません。それは少し待ってください。今、警察の相手をしている時間はないんです」

天野はコンピュータの前に座り、イシュタル・システムを起動した。


——三〇〇、二九九、二九八。

カウントダウンが打ち上げの瞬間へと近づいていく。

ざわめきのさざ波が重なり、大波へと変貌する。

長谷展望公園にいるだれもが胸を高鳴らせた。


「なにか切迫していることがあるのですか？」

「管制システムに自爆プログラムが仕込まれているかもしれないんです。いえ、絶対にあるはずです」

佐藤の問いに答えながら、天野はキーボードの上で指を乱舞させた。

「調布のスーパーコンピュータではなく、種子島の管制システムにですか？　その——」

佐藤は根拠を訊こうとしたのだろう。しかし、コンピュータのモニタに集中している天野の姿を見て、言葉を飲み込んだに違いない。

天野には推理に基づく根拠があった。

しかし、佐藤に説明する余裕はなかった。

スーパーコンピュータに比べれば、管制システムのなかのデータは少ない。しかし、そのすべてを精査するには、残された時間では充分だとは言い切れない。それでも、ＪＩＮ－１を、ＸＡＩを、宇宙へ飛び立たせるためには、自爆プログラムを見つけるしかない。

開発用ＩＤが使える一〇分のうち、すでにその半分をこれまでの調査で浪費してしまっている。

一秒も無駄にはできない。

管制室に連絡して協力を求めても、星原は取り合わないと天野は確信していた。

頼れるのは自分だけだ。

天野の視線がコンピュータのモニタ上に流れる文字を追った。

――六五、六四、六三、六二、六一。

機械的な女性の声に男性のアナウンスが重なる。

――打ち上げ一分前です。

――六〇、五九、五八。

女性の声のカウントダウンを歓声がかき消す。それに関わりなく、無表情な声はゼロの瞬間へと進行し続ける。

天野は怪しいデータを見つけては、それを転送し、ツールを使って中身を精査していった。

しかし、指令破壊コマンドらしき文字列をまだ見つけられていない。

焦りのせいか、指先が誤ったキーを押してしまった。

「なにやってるんだ——落ち着け。大丈夫だ。ぼくがＸＡＩを宇宙へ送り出すんだ。だれにも邪魔はさせない」

天野は自分を叱咤した。

公園の人々も女性の声にあわせて秒読みしていく。

——三〇、二九、二八、二七。

——ウォーター・カーテン散水開始。

——四〇、三九、三八、三七、三六、三五、三四、三三、三二、三一。

コンピュータの画面の背景が黄色く点滅し始めた。

あと三〇秒で接続が切れるとイシュタル・システムが警告している。

間に合わないかもしれない……。

天野は天を仰いだ。

諦めるな。諦めた瞬間、ＪＩＮ－１の打ち上げが失敗するぞ。

天野の心が叫んだ。

――二〇、一九、一八、一七、一六、一五、一四、一三、一二、一一。

――フライト・モード・オン。駆動用電池起動。

――一〇、九、八、七、六。

――全システム準備完了。

画面の点滅が赤色に変わった。

残り時間は一〇秒しかないとイシュタル・システムが無慈悲に宣告した。

――五。

「五」

人々の声が大きくなる。

「これだ」

天野の声が跳躍した。

――四。

「四」

管制システム内の自爆プログラムを削除するためのコマンドを指先が入力していく。

——三。

「三」

——メイン・エンジン・スタート。

指先が加速する。

——二。

「二」

天野の小指がキーボード上のリターン・キーを押し、削除コマンドを送信する。

——一。

「一」

人々はさらに声を張った。

コンピュータの画面から点滅が消えた。

通常のコンピュータ画面に切り替わる。

タイム・オーバーだとイシュタル・システムが宣言した。

――〇。

「〇」

声の塊がうねりとなって青空へと舞い上がる。

――リフトオフ。


テレビのなかで、白い煙の航跡を残しつつＪＩＮ－１が天へと駆け上がっていった。

「間に合ったのでしょうか……？」

佐藤の声が浮遊した。

「一秒後に爆破する設定になっていましたから、大丈夫です」

長い息を漏らすと、天野は体を椅子に預けた。手の甲を額に添える。

額が汗に濡れていた。

その汗を拭うと、コンピュータが置かれているデスクの背後からベランダへ出て、天野は蒼い空を見上げた。

ここからは見えないが、今、ハイブリッド・ロケットＪＩＮ－１はこの空を駆け上がり、宇宙を目指している。

高度五〇〇キロメートル。地球儀では指先の太さとほとんど同じ一センチほどにすぎない。

しかし、天野にとっては、とてつもなく遠いところだ。

天野と関東理科大学の学生たちの夢が詰まった人工衛星ＸＡＩがもうすぐそこに到達する。

天野の全身は震えていた。

「どういうことですか、これは」

佐藤の震える声が室内から飛び出してきた。

振り向くと、コンピュータの画面上で異変が起こっていた。

画面の左側から文字が流れ込み、右へと次々に転がっていく。やがて、文字たちは円を描くような動きを見せ始めた。円を描く文字で画面が覆い尽くされる。そして、その文字たちが一斉に四方に散り、コンピュータは動かなくなった。

★

警察での事情聴取が終わったのは、午後九時すぎだった。

翌日も、午前一〇時から話を聞きたいとのことだった。

疲れていた。

しかし、休息の時間はない。まだ、やらねばならないことがあった。

天野は頬を叩いて気合いを入れると、マルイ・ソフトの会議室に入った。

「すばらしい働きでした」

「きみがＪＡＸＡを救ったと言っても過言ではありません」

すでに倉永が逮捕されたことは報じられていて、ＡＩの技術者が逮捕に大きく貢献したとの続報も出ていたためか、天野への賛辞が会議室を飛び交った。そのいくつかはモニタ画面のなかからだった。

ＪＡＸＡの種子島、筑波、そして、マルイ・ソフトの会議室をテレビ会議システムで繫いでいるのだ。

ロの字に机が配置された会議室の右手には、丸井社長、防衛省の佐藤、そして、ＪＡＸＡの総務部の山中部長が並び、正面の種子島からの映像には星原と男が映し出されている。星原の上司の月島であろう。左手に据えられた筑波からの映像にはシステム部次長の水川と男の姿があり、セキュリティ統括室の室長の鳴海だと自己紹介があった。

打ち上げが成功した後、天野は丸井に連絡して、この会議の準備を依頼しておいたのだ。

「申し訳ございません」天野は深く頭を下げた。「いの一番に、関係者の方々に状況を報告するべきだと考え、この会議を開こうとしたのですが、まだ倉永さんへの取り調べが続いていて、これから裏付けの捜査が始まるという段階のため、警察からは、発言には注意して欲しいと釘を刺されています。ですから、今夜、すべてをお話しすることはできません。その点、ご容赦ください」

「いえ、あなたに感謝の言葉を伝えられただけで充分です」

山中が相好を崩した。

「ありがとうございます――まず、お伝えしたいのは、倉永さんがおおむね罪を認めているということです。ただし、ＪＩＮ－１を爆破しようとしたことは、完全に否認しているそうです」

「爆破？」

「ＪＩＮ－１を？」

爆破のことを知らなかった面々がざわつくなか、天野は、管制システムに仕掛けられていた自爆プログラムを打ち上げ寸前に削除したことを説明した。

「コンピュータ・ウイルスのなかに指令破壊コマンドが入っていました。ウイルスで管制システムを壊して、ＪＩＮ－１の爆破の原因を特定されにくくするためだと思います。管制システムのなかにあったこのウイルスは削除しました。自爆プログラムを探すために、管制システムからデータをコピーして精査していたコンピュータは、このウイルスに感染して、すべてのデータを消されてしまったので、そちらにもウイルスは残っていません。ですが、問題のウイルスの素性はわかっています」

机の上に準備してあったノート・パソコンを操作すると、天野は画面を出席者に向けるとともに、画面が映るようにテレビ会議のカメラの位置を調整した。

画面の左側から文字が流れ込み、右へと次々に転がっていく。やがて、文字たちは円を描くような動きを見せ始めた。円を描く文字で画面が覆い尽くされる。そして、その文字たちが一斉に四方に散り、コンピュータは動かなくなった。

「まるで、つむじ風ですね」

種子島からの映像のなかで、月島が腕を組んだ。

「佐藤さん、これに見覚えがありますよね」

「もちろんです。自爆プログラムを探すために天野さんが使っていたコンピュータが感染したときと、まったく同じです」

佐藤の返答に満足して、天野はうなずいた。

「このウイルスに見覚えがあるひとが、ほかにもいると思うんですが」

天野が巡らせた視線を水川が受け止めた。

「今週の月曜日、新種のウイルスを検出できるＡＩについての東京電算からの説明会がありました。そのときに、これとまったく同じ動きをするウイルスを見ました」

「そうなんです。このウイルスは、新種のウイルスを感知できるＡＩを作るための研究の過程で、ぼくがＡＩに作らせたものです。新種のため、取り扱いには細心の注意を払い、生成に使った関東理科大学のコンピュータからは、すぐに削除しました。ぼくの手元と東京電算にしか存在しないはずなんです。ですから、東京電算の説明会に出席したひとしか、このウイルスを入手することはできません」

「あの説明会に出席していたのは、わたしと、星原さん、セキュリティ統括室の鳴海室長、そして、倉永さんです。あの場では自由にコンピュータに触ることができました。ウイルスをこっそりとコピーすることも可能だったと思います」

水川がノン・フレームの眼鏡に指先を添えた。

「部下だから、ということで擁護するつもりはないのですが……」倉永の上官である佐藤が遠慮がちな声を挟んできた。「前回、打ち上げが中止になったあとで、ＪＡＸＡ内からであっても、管制室のコンピュータに接続できないように設定されたと聞いています。前回のようにハッキングしてウイルスを仕掛けることはできません。犯人は、管制システムがある種子島に赴き、直接、自爆プログラムを仕掛けたことになります——四六時中、行動をともにしていたわけではありませんが、種子島を往復するだけの時間が倉永一尉にあったとは思えません」

「どういうことだ……」

「なにか特殊な方法でもあるのか……」

会議室をざわめきが覆う。

「倉永さんは種子島に行っていないと思います。でも、倉永さんの手元を経由して、種子島に届いたモノがありますよね」

天野は腕を組み、会議室を見渡した。

「もしかして……あれに……？　わたしです……。わたしが悪いんです……」

種子島と繋がっているモニタからこぼれた声が参加者たちの視線を引きつける。

モニタに映る星原の顔が蒼白になっていた。


「ＪＩＮ－１の打ち上げデータを防衛省用に記録するためのプログラムが入っていると説明されて、倉永さんからＵＳＢメモリを受け取りました。それをよく確認しないまま、管制システムにセットアップしてしまいました。そのなかに自爆プログラムが入っていたに違いありません」

星原のこうべが垂れる。

「そのＵＳＢメモリは、今、どこに？　中身を調べさせてください」

筑波にいる鳴海に促され、星原がＵＳＢメモリを持ち出してきて、問題のデータを筑波に転送した。鳴海と水川がその場でデータを精査した。

「間違いありません。指令破壊コマンドが入っています。これが放置されていたら、ＪＩＮ－１

は打ち上げの一秒後に爆発していました」

水川が長い黒髪を掻き上げ、長い息を漏らした。

よろしいでしょうか、と佐藤が発言を求めてきた。

「今回、防衛省用に記録するためのプログラムは、ウイルスの感染を危惧し、防衛省で複数の職員が検査、確認した上で、USBメモリにコピーされたと聞いています。自爆プログラムの混入は、それ以降ということになります。残念なことですが、自爆プログラムでJIN－1を爆破しようとしたのは倉永一尉だと思われます」

佐藤が唇を噛む。

「申し訳ありませんでした」星原が深く頭を下げた。「わたしの不注意がもとで、JIN－1の打ち上げが失敗するところでした」

「罪を認めるんですね」

天野は星原を見据えた。

「ですから、わたしのミスです」

「そういう意味ではありません。今の状況では、倉永さんがいくら否定しても、警察も皆さんも、すべて倉永さんの犯行だと決めつけることでしょう。しかし、ぼくは違います」

「倉永一尉は犯人ではないと天野さんは考えているのですか？」

佐藤が怪訝な表情を向けてきた。

「倉永さんは犯人です。ですが、今回のJIN－1の爆破未遂とは無関係です」

「どういうことですか？」

佐藤の小首が傾ぐ。

「簡単なことです――ふたつの事件が同時に進行していたんです。それを、ひとりの犯人による事件だと、ぼくたちは思い込んでしまっていただけです」

「倉永一尉とは別に、もうひとり、犯人がいるのですか？」

「そうです」天野はうなずいた。「自爆プログラムを仕掛けてＪＩＮ－１を爆破しようとしたのは、星原さん、あなたですね」

天野の目に力がこもる。

会議室がどよめく。モニタのなかの星原は表情ひとつ変えていなかった。

「ひとに疑いを向けるからには、根拠はあるのでしょうね」

星原が見据えてくる。

「当然です。自爆プログラムに欠かせない最新の指令破壊コマンドを倉永さんが入手していたなど、あり得ないからです」

「あなたの考えは誤りです」星原の口調がわずかに強くなった。「種子島に戻ったらウイルスを仕掛けろという文書でわたしに疑いが向くように画策したのも、倉永さんですよね。あのとき、公園で見つかったＵＳＢメモリのなかに自爆プログラムが入っていました。倉永さんがなんらかの方法で指令破壊コマンドを入手したのは間違いありません」

「たしかに一度は入手しています――前回の打ち上げが妨害されたとき、管制室の二台のコンピュータにハッキングの痕跡がありました。アクセス・ログが消されていたんです。一台目では上手くいかず、二台目でやっと管制システムに侵入し、ウイルスを仕掛けたのだと、ぼくは推測しました。しかし、本当にそうだったのでしょうか？」

天野は自分の推理の説明を続けた。

アクセス・ログは、ひとりではなく、ふたりにより削除されたのではないだろうか。ひとりは、資料室からハッキングしてウイルスで打ち上げを妨害した倉永であり、もうひとりは、ウイルス付き自爆プログラムを管制システムに仕掛けた。

ハッキングを仕掛けた痕跡があったのは、資料室のコンピュータだけだったことからして、もうひとりは、管制室から、直接、管制システムにウイルスを仕掛け、それが外部からによるものだと思い込ませるためにアクセス・ログを消しておいたに違いない。

「管制システムへの侵入に成功した倉永さんは、そこにウイルスを仕掛け、打ち上げを妨害しました。そのとき、不審なファイルを見つけたのだと思います。それを解析したところ、ウイルス付き自爆プログラムだとわかった。それが作動してJIN－1が爆発してしまっては、即座に警察が介入してきて、自分の計画が頓挫《とんざ》するかもしれない。それを危惧して、倉永さんは管制システムからウイルス付き自爆プログラムを削除したのでしょう」

「ということは……」水川は腕を組んで視線を左上に向けた。「星原さんに疑いを向ける際、妨害計画に信憑性を持たせるために、ウイルス対策ソフトに引っかからない新種のウイルスが必要だった。しかし、急には準備できなかったので、中身を確認するために管制システムからコピーしておいたウイルス付き自爆プログラムを、倉永さんは転用したということでしょうか？」

と訊かれた天野はうなずいた。

「ぼくは、そのように推理しています。もうひとりの犯人が、自分が仕掛けておいた自爆プログラムが転用されたことに気づいても、自分の身を守るために沈黙を守ると、倉永さんは考えたのでしょう——倉永さんは、一度は、指令破壊コマンドが入った自爆プログラムを入手できました。しかし、あの事件のあとで変更された指令破壊コマンドを入手する術《すべ》を倉永さんは持っていなかったんです」

「それは推測でしかありません」抑揚のない声で星原が反論を挟んできた。「指令破壊コマンドが保存されているサーバには、管制室にあるわたしのコンピュータからアクセスした記録が残っていました。わたしのコンピュータを経由して、倉永さんが指令破壊コマンドを盗み出したとしか考えられません」

「違います。あれは、ハッカーによるものだと思わせるために、あなたがやったことです。サーバには、あなたの上司、月島さんのコンピュータから侵入を試みて失敗した記録も残っていました。こちらこそが倉永さんのハッキングの痕跡です」

「でたらめを並べるのは、やめてください」

強い視線が天野に向けられる。

「でたらめではありません。事実です——なぜ、倉永さんは、星原さんに疑いを向ける罠を仕掛けたと思いますか？　疑いを向けるだけなら、水川さんでも総務部の部長の山中さんでもよかったはずです」

「星原さんでなければならなかった理由があったということですか？」

水川が額に指先を添える。

「そうです。疑われているので身を隠せという星原さん宛てのメッセージが、あのとき、ホテルに残っていました。あれを読んで身を隠そうと星原さんがホテルを出たところで、倉永さんは偶然を装って接触して、星原さんを匿うつもりだったに違いありません」

「妄想でしかありません」

星原が激しく首を振る。

「同じように倉永さんに庇護《ひご》されたぼくにとっては妄想ではありません。現実です。星原さんへの罠が失敗したから、次にぼくが標的になったんです。倉永さんの真の目的は、JIN－1の打ち上げの妨害ではなく、ハイブリッド・ロケットの機密を盗み出すことでした。ですから、罠にかける相手は、ハイブリッド・ロケットのデータが保存されているサーバにアクセスする権限を持っている星原さんでなければならなかったんです」

会議室がにわかに騒然となった。何人かが真相に気づいたのだろう。

天野は続けた。

「指令破壊コマンドが保存されているのは、筑波にある第一宇宙開発部門の第三サーバですよね。そこにはハイブリッド・ロケットのデータも保存されています。もし、指令破壊コマンドを盗み出すために倉永さんが第三サーバに侵入できていたのなら、わざわざ、星原さんやぼくを騙して、そのサーバに保存されている機密データを盗もうと画策するはずがないんです。倉永さんは第三サーバへは侵入できなかった。最新の指令破壊コマンドは入手できるはずがないのです」

「倉永一尉には、防衛省からのプログラムが入ったUSBメモリに自爆プログラムを混入できない、ということですね」

佐藤からの確認に天野はゆっくりと大きくうなずいた。

「そうなると……」

会議室の視線が、星原を映し出しているモニタに集中する。

「もうやめて」

星原の切り裂くような声が突き抜けた。

「第三サーバに自由にアクセスできるあなたが、指令破壊コマンドを盗み出し、ＪＩＮ－１を爆破しようとした。その罪を倉永さんに押しつけるために、防衛省からのＵＳＢメモリに自爆プログラムを潜ませておいた。そういうことですよね」

天野は柔らかい声で問いかけた。

懺悔《ざんげ》するかのように、星原はうつむき、両手で頭を抱え込んだ。

天野は、ひとつ大きく息を吸い込むと、会議室に視線を巡らせつつ言葉を継いだ。

「これは結果論でしかないんでしょうけれど、星原さんのおかげでハイブリッド・ロケットの機密が守れた、ということも知っておいてください。倉永さんが犯人だとぼくが気づけたのは、星原さんのひと言があったからなんです。打ち上げの直前、スーパーコンピュータを精査して欲しいと電話したときに、展示室の爆破未遂でタイマーが使われていたことを星原さんが指摘しました。あれがなかったら、ぼくは倉永さんに騙されたまま、ハイブリッド・ロケットの機密を送信していたはずです」

あのひと言には、星原の目論見が見え隠れしているのではないかと天野は推測していた。

天野が倉永とレストランで食事をしているときに、倉永は星原に電話した。そして、携帯電話を持っていないという変わったひとがあなたと話したいそうですと、星原に伝えた。

あの言葉で、天野が携帯電話を持っていないと倉永が思い込んでいたことを、星原は察知したのかもしれない。

また、資料室を調査しているときに天野が撮影した写真を星原は目にしている。あの写真には水川が写り込んでいた。天野がスマートフォンを持ち歩いていることを水川が知っていると、星原にはわかったはずだ。

さらには、最初の調査で、天野が携帯電話について説明したとき、総務部の山中部長が同席していたことを星原は知っている。

そして、スーパーコンピュータ棟に発火物が仕掛けられたとき、まだ会ったことがないシステム部の小林部長と調査したいと、天野は星原に要望した。そのため、小林が天野の携帯電話の状況を知らないと、星原には推測できたと思われる。

これらのことを星原が整理できていたのなら、疑われていた四人が、それぞれ、天野の携帯電話についてどのように認識していたかを把握していたことになる。

もし、そうであるのなら、爆破未遂でタイマーが使われていたことから、倉永が打ち上げの妨害をしていることに星原は気づいていたのではないだろうか。

だからこそ、ＪＩＮ－１の爆破も倉永の犯行と見せかけるために、倉永から受け取ったＵＳＢメモリに自爆プログラムを入れておいたのではないだろうか。

倉永が打ち上げの妨害をしていることに、だれかがたどり着かなければ、自分の計画と矛盾してしまう。そのため、天野が真相に気づくように、星原はタイマーのことを口にしたのではないかと、思えてならなかった。

しかし、この推理の裏付けとなる事実を、まだ見つけられていない。そのため、天野は別の質問を星原に投げかけた。

「犯人がわかったので会いたいと、ぼくが連絡したとき、なぜ、それを受け入れたんですか？　あのとき、だれを疑っているのかをぼくは報せませんでした。もしかしたら、あなたが犯人だと証明したかもしれなかったんですよ」

「怖かった……」今にも途切れそうな、か細い声だった。「止めて欲しかったのかもしれません。でも、ＪＩＮ－１への憎しみは、一度も消えることはありませんでした……」

「どういうことですか？　ロケットには、なんら罪はありません」

「天野さん、あなたは父親を殺されても、同じことが言えますか？」星原の潤《うる》んだ目が天野に抗弁してきた。「父はＪＩＮ－１に殺されたも同然です。父はＪＡＸＡでハイブリッド・エンジンの開発に従事していました。父の死の原因は交通事故です。でも、父が車の運転を誤ったのは、開発での過労と心労が積み重なっていたからです」

「もしかして、あなたのお父さんは一二年前に亡くなった土井垣さん？」

水川が疑問を割り込ませた。

「ええ、そうです。父を知っているのですか？」

「直接、指導していただいたことはありませんが、同じ開発部門に在席していたことがありますから――でも、名字は？」

「父が亡くなって母は実家に戻りました。星原は母の旧姓です」

「あなた、筑波に来ては、ロケット開発関係の部署をまわっていましたが、お父さんの面影《おもかげ》を探していたのですか?」

水川が重ねた問いに、星原は小さくうなずいた。

筑波に向かうタクシーのなかで星原が語っていた父親の思い出が脳裏で蘇り、天野は唇を噛んだ。

「でも、父の面影なんて、どこにもありませんでした。父は忘れ去られたのです。父は無駄死にしたのです」

「それは違います」水川が包み込むような優しい声をかけた。「ハイブリッド・エンジンのプロジェクトを軌道に乗せたのは、間違いなく、あなたのお父さん、土井垣さんです」

「なぐさめは不要です」

星原の声が震える。

「なぐさめではなく、事実です——ISASとNASDA、ふたつの技術が融合することを祈って、土井垣さんが新型エンジンに名付けたJINという名前が浸透していったことが、プロジェクトの躍進のきっかけになったのです。だから、JIN－1と耳にするたびに、多くの職員が土井垣さんを思い出します。JIN－1こそが、あなたのお父さんの面影そのものなのです」

水川に同意するかのように、山中と鳴海がゆっくりとうなずく。

「そんな……そんな……」

途切れ途切れの声をこぼすと、星原は口を真一文字にして沈黙した。星原の瞳から、いくつもの涙がこぼれた。

静かな時間がゆっくりと流れていった。

エピローグ

天野は、一週間前に新調したばかりの眼鏡をかけ直すと、野放図に伸びた髪を掻き上げ、ビルの壁面に掲げられている青いロゴを見上げた。

その隣で、チェック柄のシャツの日向が天野を真似て、同じようにＪＡＸＡの文字を見上げた。

天野たちの横を小さな子供の手を引く女性が通りすぎていった。

多分、彼女は近所に住んでいて、今、天野が見ている光景は彼女にとっては日常のひとコマでしかなく、手を引かれている小さな子供が成長しても、この光景になにかを感じることはないだろう。しかし、天野には特別な光景だった。

ＪＡＸＡの調布航空宇宙センターを訪れるのは、半年ぶりのことだった。

半年前の事件でイシュタル・システムの開発用ＩＤを無断で使用したことがハッキング行為にあたるのではないかと疑われ、天野は長時間の取り調べを受けたが、緊急避難が認められて不起訴となった。

一方、ロケットを爆破しようとした容疑で、星原は起訴され、現在、裁判を待つ身となっている。防衛省からのＵＳＢメモリに自爆プログラムを混入した際、指令破壊コマンドが保存されている第三サーバへ会議室のコンピュータからアクセスしてハッキングの痕跡を作り、倉永の犯行に見せかける工作をしたことも星原は自供しているらしい。

そして、あの事件で世間を大きく揺るがしたのは、倉永の存在だった。

国会議員だった倉永の父は、かつて、外国の工作員が準備した女性と不適切な関係を持ってしまった。いわゆるハニー・トラップに引っかかったのだ。そして、脅されるままに、国会議員にしか入手できない情報を工作員に渡し、工作員の指示通りの論陣を国政の場で張った。

倉永の兄も、父親と同様の経緯で、工作員の手先となった。

それだけでなく、工作員は、自衛隊に進んだ倉永に情報提供を求めてきた。

要求に背けば父と兄の秘密を暴露すると脅された倉永には、選択の余地はなかった。一一歳のときから養子として育ててもらった恩があるだけに、三代続けて政治家を輩出している倉永の家の名誉は、どのようなことをしてでも守るしかなかったのだ。

情報保全隊に転属となると、素性が露見しそうになっていたほかのスパイの情報を本国から教えられ、そのスパイを捕らえることで情報保全隊での立場を確固たるものにした。そして、防諜の任にあるというのに、逆に仲間のスパイに捜査の手が伸びないように画策し、それでも尻尾を摑まれそうになったスパイがいれば、自らの手で捕らえ、自分の評価をさらに上げていった。

そして、半年前、工作員の指示により、ＪＡＸＡからハイブリッド・ロケットの機密を盗み出そうとしたのだ。

倉永の逮捕により、自衛隊内に浸透していたスパイ網が徐々に明らかになりつつあり、それが報じられるたびに、世間は騒がしくなった。

スペース・ジェネシス社は、一度は事件への関与が疑われたが、それは倉永による工作の結果であり、実際は無関係だった。

あの事件の直後から、スペース・ジェネシス社と天野は急接近することとなった。

ホテルのバーで技術担当役員のキャサリン・ハリスが話していた通り、スペース・ジェネシス社ではロケット制御用のAIの開発を進めていて、再度、天野にアプローチしてきた。マルイ・ソフトを退社する意志のない天野は、個人としてではなく、マルイ・ソフトとしてなら開発を請け負いたいと前回と同じ返答をして、その後は丸井社長が交渉にあたった。

交渉の場で丸井は、LGPに参加するHOKUTOの件を持ち出した。

マルイ・ソフトのAIを搭載したHOKUTOの探査車がLGPで優勝しないまでも、ボーナス・ステージをクリアして活躍すれば、当然、マルイ・ソフトへの世間の評価があがる。そして、その評価は、マルイ・ソフトのAIが制御するロケットへの評価に繫がるはずだと、丸井は説《と》き、ついにはスペース・ジェネシス社側が折れた。

HOKUTOでは、マルイ・ソフトのAIが搭載された探査車の開発が進められている。天野のAIが宇宙へ旅立つ日が近づいているのだ。

その一方、イシュタル・システムの改良も進んでいる。

天野に疑いが向いたとき、東京電算はマルイ・ソフトとの協力関係を破棄し、以降は天野のアイデアをもとに新種のウイルスを検出するAIを独自に開発しようとした。しかし、AIのノウハウが足らず、まったく進展しなかった。そこで、ＪＡＸＡはマルイ・ソフトに直接、開発を依頼してきた。話を受けた丸井は、マルイ・ソフトはあくまでソフト開発会社なので、あえて東京電算を間に挟み、協力関係を破棄したことを水に流すかわりに、以前よりもマルイ・ソフトに有利な条件を東京電算に飲ませることに成功した。

ただし、この日、天野と日向がＪＡＸＡを訪ねてきた理由は、別のところにあった。

ＪＡＸＡでは、二〇三〇年頃の実現を目指し、日本人宇宙飛行士による月面探査計画を進めている。その前段階として、ＡＩ搭載の探査車による月資源調査プロジェクトの立ち上げを決定し、探査車の開発を公募することにした。

当然、マルイ・ソフトはこれに応募した。天野と日向は、これからＪＡＸＡの技術者の前で、自分たちが企画する探査車がいかに優秀なのかをプレゼンテーションするのである。

「先生、おれ、緊張してきましたよ」

日向が握った拳を震わせた。

「ですから、その先生はやめてください。きみは、すでにマルイ・ソフトの社員なんですから」

「でも、先生は先生なんですよ。おれ、教わることが山ほどあるんです」

「そうはいきません。モーグラーの開発がやっとぼくの手から離れたとはいえ、ウイルス検出ＡＩ、ＨＯＫＵＴＯの探査車、その上、スペース・ジェネシス社のロケットのＡＩと、ぼくは手一杯です。ＪＡＸＡでうちの探査車の案が採用されたら、きみに開発を任せるつもりなんですから」

「無理。無理ですよ、おれには」

日向が手を大袈裟に振る。

「ネガティブな感情に支配されていては、足が縮こまって前に進めなくなります――できるはずがないと初めから諦めていたら、なにもできませんよ。心配は無用です。ぼくも極力、フォローします。ＡＩが秒速一一・二キロの先へと飛翔し、躍動する時代は、すぐそこにあります。さあ、行きましょう」

天野は、日向と視線を交わし、足を踏み出した。

これは宇宙開発にとっては小さな一歩でしかないのかもしれない。しかし、マルイ・ソフトと自分にとっては偉大な飛躍となるはずだ。

天野は胸の奥でつぶやいた。

参考文献

『アポロ13』　ジム・ラベル　ジェフリー・クルーガー　河合裕訳　新潮文庫
『アポロ13号　奇跡の生還』　ヘンリー・クーパーJr.　立花隆訳　新潮社
『宇宙に挑むJAXAの仕事術』　宇宙航空研究開発機構　日本能率協会マネジメントセンター
『宇宙ビジネス』　的川泰宣監修　アスキー・メディアワークス
『日の丸ロケット進化論』　大塚実　大貫剛　マイナビ
『新型固体ロケット「イプシロン」の挑戦』　宇宙航空研究開発機構編著　毎日新聞社
『ロケットエンジン概論』　桑原卓雄　産業図書
『グーグルに学ぶディープラーニング』　日経ビッグデータ編　日経BP社
『よくわかる最新情報セキュリティの基本と仕組み』　相戸浩志　秀和システム
『最新わかりすぎる情報セキュリティの教科書』　SCC教育事業推進本部セキュリティ教育部編著　エスシーシー
『「対日工作」の内幕　情報担当官たちの告白』　時任兼作　宝島社
『自衛隊「影の部隊」情報戦秘録』　松本重夫　アスペクト

これらの他にもwebページ等も参考にいたしました。

この作品はフィクションであり、実在の人物、団体とは無関係であることをおことわりします。

本書は書き下ろし作品です。

直原冬明（じきはら・ふゆあき）

1965年、岡山県生まれ。2014年に『一二月八日の奇術師』で第18回日本ミステリー文学大賞新人賞を受賞。翌年、同作を『十二月八日の幻影』と改題して刊行、作家デビュー。他の著作に『幻影たちの哀哭』がある。

秒速《びょうそく》11・2キロの熱情《ねつじょう》

二〇一八年七月三十日　第一刷発行

［著者］直原冬明《じきはらふゆあき》

［発行者］渡瀬昌彦

［発行所］株式会社講談社
〒一一二-八〇〇一東京都文京区音羽二-一二-二一
電話［編集］〇三-五三九五-三五〇五
［販売］〇三-五三九五-五八一七
［業務］〇三-五三九五-三六一五

［本文データ制作］講談社デジタル製作

［印刷所］豊国印刷株式会社

［製本所］株式会社国宝社

定価はカバーに表示してあります。

ISBN 978-4-06-512209-9
N.D.C.913 270p 19cm